伟民 著

物细无声

——弯柳树村扶贫纪事

文鼎中原

河南省作家协会
重点作品
扶持项目

郑州大学出版社

河南文艺出版社

图书在版编目（CIP）数据

润物细无声：弯柳树村扶贫纪事 / 尚伟民著. —郑州：郑州大学出版社：河南文艺出版社，2021.2（2024.7 重印）

（文鼎中原）

ISBN 978-7-5645-7646-2

Ⅰ.①润… Ⅱ.①尚… Ⅲ.①纪实文学 – 中国 – 当代 Ⅳ.①I25

中国版本图书馆 CIP 数据核字（2020）第 248737 号

润物细无声——弯柳树村扶贫纪事

RUN WU XI WUSHENG——WANLIUSHUCUN FUPIN JISHI

策　　划	孙保营　马　达	封面设计	小　花
责任编辑	孙精精　贾占闯	版式设计	小　花
责任校对	刘晓晓	责任印制	李瑞卿
丛书统筹	李勇军		

出　　版	郑州大学出版社　河南文艺出版社
发　　行	郑州大学出版社
地　　址	郑州市大学路 40 号（450052）
出 版 人	孙保营
网　　址	http://www.zzup.cn
发行电话	0371-66966070
经　　销	全国新华书店
印　　刷	永清县晔盛亚胶印有限公司
开　　本	890 mm×1 240 mm　1 / 32
印　　张	8.75
字　　数	178 千字
版　　次	2021 年 2 月第 1 版
印　　次	2024 年 7 月第 2 次印刷

书　　号	ISBN 978-7-5645-7646-2	定　　价	88.00 元

本书如有印装质量问题，请与本社联系调换。

编委会

目　录

楔子 ……………………………………………… 1

第一章　情系弯柳树 …………………………… 7

第二章　村里来了个女干部 …………………… 33

第三章　扶心法 ………………………………… 55

第四章　春风化雨 ……………………………… 105

第五章　华丽"蜕变" …………………………… 145

第六章　凝聚力 ………………………………… 179

第七章　凤凰涅槃 ……………………………… 215

第八章　有凤来仪 ……………………………… 237

第九章　迈向辉煌 ……………………………… 257

后记 ……………………………………………… 271

楔　子

2018 年 10 月 17 日,全国扶贫日。当天,国务院扶贫开发领导小组在北京举行"2018 年全国脱贫攻坚奖表彰大会暨首场脱贫攻坚先进事迹报告会"。

弯柳树村驻村扶贫第一书记宋瑞荣获"全国脱贫攻坚奖·贡献奖"赴京参加表彰大会。

在《庄严的承诺——2018 年全国脱贫攻坚奖特别节目》现场,当宋瑞出场时,屏幕上打出了"德孝文化扶心志,'穷乱村'变成了'金牌子'"。

国务院扶贫开发领导小组办公室官方网站公开的宋瑞主要事迹如下:

宋瑞同志在驻村工作中坚持"扶贫先扶心,产业促脱贫"的发展思路,坚持"文化引领,道德育人,改善风气,产业跟进，脱贫致富"的发展举措，团结和引领该村走上了脱贫致富之路。2014年发动息县企业家捐资30万元，设立息县第一个村级道德讲堂，引导村民争做学习型、创业型、有道德、有文化的新型农民。大力发展文化产业，成立弯柳树村孝爱文化传播有限公司，组织村民把家中空闲房间改造成"孝爱客房"，包括贫困户在内的50户村民入股，收入最高家庭达到3万多元。成立息县远古生态农业科技公司，投资1500万元，发展酵素生态有机农业。成立专业合作社3个，带领贫困户种植莲藕等增加收入。积极招商引资，已建扶贫工厂3个，安置村民在家门口就业。发展壮大村集体经济，培育村集体经济项目3个。积极争取政策性扶贫资金用于脱贫攻坚工作，共协调资金2600多万元，实施全村人居环境治理和提升。

从这段不足400字的材料中，我们看到的只是数据与结果，却看不到宋瑞工作的细节与故事，也触摸不到她的付出与艰辛。

此时，宋瑞在弯柳树村驻村已经有6年之久。

6年里，弯柳树村成立了德孝歌舞团、义工团、老人舞蹈队，成立了德孝文化产业公司，建起了孝爱客房；

6年里，弯柳树村铺上了柏油路，修缮了学校，建起了自来水厂、文化广场、道德讲堂，装上了宽带、有线电视；

6年里，弯柳树村建起了村级阳明书院、村级老子书院，建起了集培训、学习、演出等一体化的活动场所——新时代农民讲习所；

6年里，弯柳树村有了自己的有机生态农业产业、德孝传统文化培训产业及德孝文化乡村游产业；

6年里，弯柳树村不仅有了自己的产业园，并且有7个产业落户扎根在产业园里；

2016年，弯柳树村摘掉了贫困的帽子。

⋯⋯⋯⋯⋯⋯

转眼，2019年已经过完。宋瑞把自己的七年韶华，奉献给了她深爱的弯柳树村。

2012年10月，国家统计局河南调查总队选派宋瑞赴河南省扶贫开发重点帮扶村——弯柳树村进行扶贫帮扶。从入村的那天起，宋瑞即拉开了践行以传统文化为"支点"进行扶贫的序幕。

习近平总书记曾强调："一种价值观要真正发挥作用，必须融入社会生活，让人们在实践中感知它、领悟它。"

宋瑞把"德孝""致良知"的传统文化精髓，带到了弯柳树村，并逐渐融入弯柳树村民的生活，他们有了自己的人生观、价值观、世界观，有了自己的荣辱观，以及分辨是非的标准。

宋瑞认为，物质的贫穷并不可怕，可怕的是心灵的贫瘠。物质再富有的人，外表再光鲜，倘若心灵贫瘠、荒芜，也是一具行尸走肉。

如今，通过几年德孝传统文化的熏陶，弯柳树村大部分村民已经走出了心灵的贫瘠。他们不仅学会了唱歌跳舞，就连六七十岁、大字不识几个的大婶大妈都会自编歌曲，自编舞蹈。弯柳树村的歌舞，唱响了息县，唱响了信阳，唱响了河南，并一步步唱响全国。

老支书陈文明说："现在的弯柳树村卫生也好了，群众的精神面貌也好了，真正是天天唱着过，跳着过，笑着过，弯柳树村从来没有像今天那么好的风气。"

我们看到，在弯柳树村，"根"和"魂"已经被找回来了，已经深扎在了村民的心里。可以说，他们找到了自己的精神寄托和共同的"精神家园"。

宋瑞说："中华传统美德是中华文化精髓，蕴含着丰富的思想道德资源。虽然只是一个村的实践，但这也给人深刻启示。传统文化、传统美德，都是从乡土中国的生命实践中来的，是中国人集体意识的重要组成部分，其中蕴藏着人心重建、社会重建的丰富资源。让传统的基因与时代与生活深度互动，就一定能点亮人心之灯，汇聚起实现中华民族伟大复兴的精神力量。"

在弯柳树村，宋瑞把孝道文化、传统美德，变成了直抵人心的力量，转化成先进的生产力，为弯柳树村打赢脱贫攻坚战，实现乡村振兴找到了一条健康、稳步、持续的发展之路。

文化复兴，乡村振兴，精准扶贫，脱贫攻坚——7年的奋战，一个垃圾围村、赌博成风、邻里纠纷不断的"脏乱差"省级贫困村，转变成一个干净整洁、崇尚德孝、民风淳朴的美丽乡村。这中间究竟经历了一番怎样的"炼狱",才得以实现华丽的蝶变呢?

行走在弯柳树村这片土地上,仿佛进入一幅徐徐展开的新时代长轴画卷,那饱含新时代背景下的韵味墨香、诗情画意,令人惊艳,仿佛在诉说着宋瑞和弯柳树村的故事。

第一章 情系弯柳树

文化是民族的血脉，是人民的精神家园。文化自信是更基本、更深层、更持久的力量。中华文化独一无二的理念、智慧、气度、神韵，增添了中国人民和中华民族内心深处的自信和自豪。

——摘自《关于实施中华优秀传统文化传承发展工程的意见》

1

2016年5月26日，豫南乡村的晚上，一片广阔无际的田地，向黑夜深处无限延伸。稻田里，"呱呱"的蛙声此起彼伏，夜愈发寂静了。村庄早已沉睡，隐没在夜幕下。

路口乡弯柳树村村部，有间屋子却依然灯火通明。屋子中间的两张桌子上，摆满了各种各样的表格，驻村扶贫第一书记宋瑞正在核对各种数据和信息。她一会儿翻看自己的工作日志，一会儿又站起身从书柜里抽出一沓档案袋，查看资料……

日光灯下，飞虫狂飞乱舞。这丝毫没有影响到宋瑞，她仔细地翻阅着，思考着，时而神情凝重，眉头紧蹙；时而又露出微笑，一脸欣慰。她知道，每户档案必须要统计精准，实事求是。只有把前期的基础工作做扎实，才能保障后面的工作顺利开展。

宋瑞是国家统计局河南调查总队（简称河南调查总队）综合处的一名处级干部，扶贫工作对她来说无疑是一种全新的挑战。

社会中总是充满了善恶与美丑，矛盾与斗争。面对如此繁纷复杂的境遇，人们对生活依然能充满自信，不怕付出，不怕磨难，不怕千辛万苦，敢于向困难宣战，挑战自我，挑战生活，甚至超越生活。

因为，向往美好，是每个人的希望与追求。

弯柳树村人也不例外。在传统文化的影响下，弯柳树村村民敢于直面贫困，敢于直面内心深处的纠结与困惑……这不能不说是一种挑战。

扶贫，以传统文化为启蒙，先扶心扶志，这对宋瑞来说更是一种挑战。

如今，弯柳树村人已经看到了美好前景，看到了希望。这也让宋瑞看到了乡亲们品性的可塑性和弯柳树村未来发展的潜力。

宋瑞沉思了片刻，又开始填写贫困户精准扶贫明白卡。面对全村一百多户贫困户的档案资料，她一张一张地填写，神情中透出一丝从容与坚毅。额头上布满了细密的汗珠，她顾不得擦一擦；泡好的茶水早已变凉，她也顾不得抿上一口。

这段时间一直填表，时间紧任务重，其他几位扶贫干部与村干部熬了好几个通宵，连续加班。100 多户贫困户的表格，乡里的、县里的、市里的，还有省里的，而且不仅是一种表格。

宋瑞心里比谁都着急。但她看到大家都累得疲惫不堪，精神憔悴，不忍心再让他们熬夜。尤其是当她了解到不少扶贫干部累垮在扶贫一线后，便让大家停止加班。她对大家说："天天熬夜怎么能行，身体哪能吃得消？我们不能拿健康开玩笑，扶贫工作还没做完，自己先倒下去了。"

她不让大家加班，自己却挑灯夜战。

时间在不知不觉中流逝，一阵悠扬的手机铃声打破了屋内的安静。宋瑞左手拿起手机，右手放下笔去划手机屏幕。可由于握笔太久，手指僵硬得几乎无法控制，划了几次才接通。

是女儿李匋染的视频电话。看到女儿的头像和昵称，宋瑞脸上顿时绽开了笑容。她看看墙上的挂钟，已经 9 点了。她从下午 6 点就坐在这里填表，一口气干了 3 个小时。

每天晚上 9 点，女儿准时会和宋瑞视频聊一会儿天。一岁半的外孙女，每天睡觉前都要看看姥姥，和姥姥说说话。

视频里，可爱的外孙女张开双臂，不停地喊着："脑脑抱，脑脑抱！"孩子咿呀学语之初，把"姥姥"叫成了"脑脑"。

"姥姥抱，姥姥抱！等姥姥回家了，天天都抱着宝宝。"此时的宋瑞，显得特别慈祥。

这时，宋瑞的手机屏幕一下子黑了。她知道，这是外孙女在亲吻视频里的姥姥,把脸贴到了手机上。孩子哪里知道,姥姥此时是在几百公里之外的弯柳树村。

宋瑞问:"宝宝想姥姥了没?"

"想……"稚嫩的童声,甜腻得能把人融化。

"姥姥忙过这段时间就回去看宝宝。"宋瑞的声音充满了温柔与爱意。

每天这个时候,是宋瑞最放松、最幸福的时刻。一看到活泼乖巧的外孙女,所有的疲惫瞬间就烟消云散。一天天长大的外孙女,过几天就学会一样本事,宋瑞感到特别欣慰,特别满足。

挂了电话,宋瑞的眼泪还是忍不住涌出。村部院子格外寂静。今晚没有月亮,深蓝色的夜空上繁星闪烁,浩瀚高远。这是乡村夜晚特有的景色。几百公里之外的郑州,此时肯定是霓虹闪烁,五彩缤纷。

这一刻,宋瑞特别想家。尤其是现在,牵挂在她心尖的宝贝外孙女。一时,她纠结不已,说不出的愧疚一股脑儿涌堵在心头。

"我这是怎么了?思想怎么又抛锚了!"宋瑞用双手搓了搓脸,所有的情绪瞬间被搓得无影无踪。她平静下来,拿起笔,继续填表。一个个熟悉的名字,一张张熟悉的面孔不时地浮现在她眼前。

这一个多月来,宋瑞一直待在村里。每天,宋瑞和其他扶贫干部、村干部入户,再入户;填表,再填表;核实,再核实。因平时工作做得扎实,宋瑞心里很踏实。她更不用担心各级领导与新闻媒体的明察暗访。

从驻村那天起,宋瑞就住在乡亲家。几年来,秧苗插了一季又一季,稻花开了一茬又一茬,新米的清香尝了一遍又一遍,贫困户家里,她究竟去过多少次,她自己也记不清了。她熟悉这里的每一户乡亲,乡亲家厨房里的黄瓜、馒头放在哪里都清清楚楚,就是闭着眼她都能摸得到。到了乡亲们家,宋瑞就像到了自己家,一点儿都不拘束、客气。饿了,就自己去厨房掰块馒头吃;渴了,就自己倒碗白开水喝。

当然,乡亲们也从来没把她当外人。时间久了,乡亲们知道宋瑞爱吃豆子,每次蒸馒头,都特意蒸几个豆包,专门给她留着。每当宋瑞接过乡亲递过来的豆包,心里总会涌起一股暖流。

夜更深了。宋瑞稍微活动了几下手腕,用拇指和中指习惯地按摩着太阳穴。连日来,大脑一直超负荷运转,一到晚上,头就涨痛。

宋瑞又埋下头,继续填表。

蛙鸣声渐渐稀疏起来,似乎怕打扰了她。飞虫倒是不知疲倦,依然飞得欢实。

终于填完了最后一张贫困户精准扶贫明白卡。宋瑞把表格整理好,一一归类,装到档案盒里,她松了一口气。瞅了一眼挂钟,凌晨 1 点 20 分。她站起来去关窗户,刚把右臂抬到半空中,肩头一阵钻心的疼痛,迅速蔓延到颈椎。本来就不太好的颈椎，怎经得起连日的伏案工作。

从村部到宋瑞的住处很近。出了村部大院，即村子的主干道。路灯照亮了脚下的水泥路——这条路还是她驻村后修的。这里是黏性土壤，一下雨，道路泥泞不堪，走不了几步，两只鞋子就会沾满泥巴，甩都甩不掉。遇见雨雪天，人们都怕出门。驻村之初，宋瑞就下决心要先修好这条路，改善村子的路况。

为了这条路，从立项到项目批下来，宋瑞不知跑了多少腿，费了多少口舌，倾注了多少心血。乡亲们看在眼里，记在心里。

驻村工作虽然累些苦些，但能为乡亲们干些实事好事，宋瑞的心里就特别踏实，她觉得这一切都值了。

回到住处，洗刷完毕，已是深夜2点多。宋瑞又拿出工作日志，理了理第二天的具体工作，记到本上。

终于，可以好好睡上一觉了，连续半个多月都没能睡上一个好觉了。谁知，刚躺上床，就感觉浑身酸痛，跟散了架似的，困得不行，却又疼痛难忍，怎么也睡不着。到后来宋瑞疼得直冒汗，忍不住轻声呻吟起来。真是年龄不饶人啊！年轻时，连续十天半个月通宵加班，得空只要眯上一小会儿，醒来照样精力充沛，啥事都没有。宋瑞已经五十二岁了，经不起折腾了。

宋瑞禁不住想起前天晚上女儿的电话。

"妈，您到底什么时候能回来？"这个问题，宋瑞已记不清女儿在电话中问过多少次。

宋瑞说："别着急孩子，端午节前村里还有许多事，我实在走不开，今年我还在村里过节吧。我也说不准啥时候能回家，手头的事一忙完就回去，应该快了。"

没想到宋瑞的话音刚落，电话那头一向沉着文静的女儿却哭了，女儿带着哭腔急切地说："妈，您还是快点回来吧，这几天媒体报道，最近都牺牲了三个扶贫第一书记了。您告诉我，扶贫又不是打仗，怎么驻村扶贫也会有牺牲呢？"

宋瑞沉默无语。

电话里女儿边哭边劝她："妈，咱家啥都不缺，您都这么大年纪了，快回来吧，干脆提前退休吧！宝宝现在都会说话了，她天天喊着找姥姥，天天等您回来抱她，还等您回来带她读经典呢……

"妈，您可得注意身体，毕竟都五十多岁了。

"妈，女儿也是牵挂呀，担心呀……"

…………

放下电话，宋瑞再也忍不住，泪水如决堤的河流。但她明白，扶贫是国事大事，是党交给的重任，更是工作和职责。身为党员干部，在国家最需要的时候，就要肩负起这份重任，不辱使命，不遗余力地去担当、奉献，出色地完成任务。扶贫虽不是打仗，但并不意味着就没有牺牲。倒在工作岗位上的党员干部，又何止是扶贫干部？像焦裕禄、孔繁森……这些话，她没告诉女儿，她深深地埋在了心底。

女儿的话击中了宋瑞心中的柔软。作为一个女人，她何尝不想当个好妻子，当个好女儿，当个好母亲，当个好姥姥啊？

面对家人的牵挂和担忧，宋瑞心中感到尤为愧疚，这些年，她欠家人的太多了。

女儿生产时，盼她回去照顾，她却选择继续驻村。因为这时，她正与村干部商量怎么把产业引进村里，让产业带动弯柳树村奔向小康；正为怎么才能让父老乡亲彻底拔掉穷根，不再返贫规划宏图远景。眼下，外孙女正需要人照看，而她却不能陪在孩子身边。照顾不了家人太多，却让家人为自己牵挂和担忧。

"人有悲欢离合，月有阴晴圆缺。"自古公私难两全！

昨天，她去看望生病的老人赵大爷。坐在病床前，赵大爷伸出粗糙的手，拉着她有说不完的感谢。她慰问乡亲，乡亲反过来还嘱咐她：你也要注意身体。你的身体不能垮，你就是咱村的主心骨、顶梁柱，咱村离不开你。乡亲们一句句关心的话，就像父母嘱咐儿女，让宋瑞感觉就是个亲。沉甸甸的嘱咐，让她感觉自己责任重大。乡亲们离不开她，她也离不开乡亲们。

弯西组贫困户段平妻子的眼睛看不见了，今天得赶快给她想办法。

汪庄贫困户汪建的抑郁症，去年经过爱心企业帮扶治疗基本好了，半年来，都能正常生活了。可是，前段时间受点刺激又轻微复发了,明天要带他去继续接受治疗……这些在别人看来也许是鸡毛蒜皮的小事,对宋瑞来说都是大事。

她曾在日志中这样写道:

顾得村里贫困群众这个大家,就顾不了远在四百公里外郑州的小家。

对不起,女儿,请原谅妈妈!咱们老家南阳有句古话,别人的孩子拉一把,自己的孩子长一拃。我在照顾村里这么多的孩子,还有许多老人和病人,我每帮他们一把,我们的宝宝都会长一拃,我不用回去带宝宝读《大学》《论语》,她自然也会健康成长、聪明伶俐。

老子说:“既以为人己愈有,既以与人己愈多。”

孔子亦说:“己欲立而先立人,己欲达而先达人。”

我们的先贤、圣人早在2500多年前就告诉我们,帮助别人越多,自己越富有;给予别人越多,自己收获的也就越多。要想自己立业成功,先帮别人成功;要想自己事事顺利,人生发达、通达,就要先帮别人顺利通达!中华优秀传统文化向我们揭示一个自然规律:利他!天地所以能长且久,就是因为利他!无我原来是最大的利益自己!利他,无我,全心全意为他人服务、为社会服务,人心合着天道自然规律的幸福密码、成功秘籍!全心全意为人民服务是一个从天道中提炼出来的、为自己生命积蓄能量的、打通天理人心的简而易行的金钥匙!我有幸走上扶贫攻坚一线，有机会为这么多贫困户、为留守儿童和乡亲们服务，不只是组织的信任和重托，也是上天赐予的福分。这是作为党员的妈妈，响应中央号召，一头扎进这个贫困村，五年坚守的初心和目标。这个目标正在逐步实现！亲爱的女儿，请别为我担心！

2

2015 年 8 月，宋瑞的第一轮驻村扶贫到期。

2015 年是"十二五"的收官之年，也是我国扶贫开发历史上极不平凡的一年。党中央、国务院空前重视扶贫开发工作，纳入"五位一体"和"四个全面"战略布局安排部署，全力推进脱贫攻坚。全国积极深入实施精准扶贫、精准脱贫方略，扶贫开发工作呈现新局面。

"十二五"期间，我国现行标准下农村贫困人口从 2010 年的 1.66 亿人，减少到 2015 年年底的 6000 万人左右，减少了 1 亿人。贫困县农民人均纯收入预计从 2010 年的 3273 元，可增加到 2015 年的 6600 元以上，翻了一番，增长幅度连续 5 年高于全国农村平均水平。贫困地区饮水安全、道路交通、电力保障等基础设施建设目标全面完成，教育、卫生等基本公共服务目标基本完成。

2015 年 5 月，中共中央组织部、中央农村工作领导小组办公室、国务院扶贫开发领导小组办公室联合印发《关于做好选派机关优秀干部到村任第一书记工作的通知》。为落实中央精神,打赢脱贫攻坚战,河南省在及时召开全省选派机关优秀干部到村任第一书记工作动员部署会的同时,相继出台了《关于全面开展选派机关优秀干部到村任第一书记工作实施意见》《关于全面开展选派机关优秀干部到村任第一书记工作实施方案》等一系列举措,形成了有效的运行机制,有力推动了全省脱贫攻坚工作展开。

这之后,河南省将驻村扶贫干部任期由三年改为两年,驻村扶贫工作队长改为驻村第一书记。

河南农村人口基数大,在全国农村贫困人口超过 500 万的 6 个省份中,河南排第三。打赢脱贫攻坚战,河南很"难"。

如何克服这个"难",河南省下了一番狠功夫。2016 年 6 月 14 日《人民日报》以《河南精准选派驻村第一书记:舍得出人、出钱、出力》为题,总结了河南在精准扶贫工作中取得经验和成效——

2015 年 8 月,河南共选派 12332 名优秀干部驻村任第一书记,实现了所有贫困村、"软弱涣散"村全覆盖。如今,第一书记遍布河南各个角落,脱贫攻坚干得热火朝天。

习近平总书记在指示精准扶贫工作中多次强调"因村派人要精准",说的就是要选准派强第一书记。在全面打赢脱贫攻坚的战役中,只有选准派强第一书记,才能推动脱贫致富工作取得成效。

......

驻村帮扶能否取得实实在在的效果，"精准派人"是关键。

河南在因村派人、选准派强第一书记方面，做到了"组织舍得出人，帮扶舍得出钱，第一书记舍得出力"，选派一大批机关优秀干部开赴脱贫攻坚一线。

河南各级各部门在选派工作上"讲政治、讲标准、讲素质"，把那些"愿干事、会干事、干成事"的精兵强将选派到驻村帮扶第一线。真重视、层次高、舍得派。据统计，2015年8月河南省直机关选派的221名第一书记中，处级干部占比达到91%。

为确保第一书记"下得去、待得住、干得好"，河南省财政给每名第一书记每年3万元的专项工作经费。

此外，为方便驻村第一书记申请项目，河南提出了"拼盘式"整合扶贫财政资金的理念，制定出台《关于统筹相关财政资金支持驻村第一书记开展帮扶工作的意见》，对现行中央和省级层面出台的农村产业发展、基础设施建设、公共服务体系三大类共41项涉农资金进行"一揽子"整合，向派驻村倾斜，并编印了《省直涉农项目资金申报指南》，对资金使用范畴、申报流程和受理单位予以明确，大大方便了第一书记开展工作。

由财政厅给予第一书记帮扶村每人每年50万元，3年150万元资金的专项帮扶，用以村公益性基础设施建设和产业发展，仅此一项，就3个多亿。同时，借助河南作为财政支持集体经济发展的国家试点省份，省财政厅联合省委组织部、省委农办，把省派驻村第一书记所在村纳入试点范围，凡是经过评审，适合村集体经济发展的好项目，可获得最高200万元的资金支持。

在去留的问题上，宋瑞最初是有些纠结的。她知道，如果按期离开，对她来说可谓是功成名就。因为这时候弯柳树村已经小有名气，全省各地争相来参观学习。再者，女儿的预产期就快要到了，她回去正好可以照顾女儿。

这天，宋瑞办完事回到住处已是晚上9点多了，开门的时候，她发现门把儿上挂了几根黄瓜、一把长豆角、一把小葱和几个西红柿等好几样蔬菜。3年来，乡亲们谁家的新鲜蔬菜下来，都会给她送来尝鲜，她不在的时候就挂在门把儿上。

宋瑞心里明镜一般，驻村以来，由陌生到熟悉，再到融入，她把乡亲们当成了亲人，与乡亲们已成了一家人。而乡亲们，当初确实把她看作外人，慢慢地也把她当成了亲人。在乡亲们心中，宋瑞早已成了弯柳树村的"主心骨"——家长里短、婚丧嫁娶等大事小事，都喜欢和她唠叨唠叨。

这3年，弯柳树村变了，确确实实变了。通过学习传统道德文化，曾经整天想自杀的赵忠珍，现在能走出家门，脸上常浮现微笑了；曾经打麻将成瘾的李红，如今成了舞蹈队的领队；抑郁症患者汪建，如今以收废品为业，能够自食其力了；

以前酗酒成性、醉酒就打老婆的汪学华，不仅成了村里义工团团长，还当选为村委会副主任，并被推选为信阳市人大代表；还有邓学芳，弯柳树村最穷的贫困户，一个文盲老太太，竟然会编唱歌曲……这样的事例不胜枚举。

但在宋瑞看来，这种变化只是扭转了乡风民俗，开启了村民的心志。而村民们的收入还极其低下，物质经济还很贫困，而真正的脱贫不仅仅是精神脱贫，最终还是要走向物质经济的富裕。只有物质和精神的脱贫，才是真正的脱贫。

眼下，村里可以带动村民共同致富的产业还没有形成，一些可持续发展、能创造财富的产业才刚刚起步，正处于爬坡阶段，稍一松懈便会前功尽弃。尤其是围绕传统文化的产业，更需要精心呵护。宋瑞在扶贫中推行的德孝传统文化，也初见成效，扶起了贫困户的心志，扶起了全村人的精气神。

但村里扶贫工作到了最关键的时期，特别是那几家洽谈的要来村里投资办实体的企业还举棋不定，总是以各种托词不签合作协议。大家都明白，这些企业都是奔着宋瑞来的，甚至有的在洽谈时直截了当地问宋瑞在村里还会干几年。在这个节骨眼上，如果她离开了，这些企业肯定就不会把项目放在弯柳树村了。

有的干脆直言不讳地告诉她，只要你宋书记走了，我们也就不会与弯柳树村合作了，因为我们相互熟悉了解，如果换了人，我们不确定合作会有什么结果。

这些项目，关系到弯柳树村的前途和命运。

我走了,弯柳树村的脱贫攻坚肯定会有继任者继续干下去,但我倡导的传统文化还会不会推行下去? 道德讲堂还会不会开办下去? 我用 3 年时间为乡亲们点亮的"心灯",还能不能长明下去? 宋瑞越想越放心不下。

按说,驻村到期即可心安理得地回原单位。但宋瑞不这么想,她觉得,没能让乡亲们真正脱贫,不能带领他们走上致富之路,那就有愧于乡亲对她的好和信任。

一想到要离开,宋瑞就纠结不已。一边是待产的女儿需要她照顾,一边是处于关键时期、更需要她的弯柳树村。留,对不起女儿——女儿结婚时候,她就没顾上操孩子的心,几乎都是婆家忙前忙后。走,又觉得对不起乡亲们——此时离开,虽然不能说前功尽弃,但她以传统德孝文化扶心扶志促使脱贫致富的路子就有可能半途而废。

两种声音不停地在心头摇摆,宋瑞不断地在说服自己。

那边,女儿几乎每天晚上都要打电话,问她什么时间回去,给她倒计时。

这边,村民们知道她第一轮扶贫即将到期,常常问她:宋书记,你走了,我们怎么办? 宋书记,你走了,村里怎么办? 宋书记,一提起您要走,我们好像一下子没了主心骨……

村里的大婶大妈们,谁见谁问,问得宋瑞不知道该怎么回答,也问得她心里酸楚楚的。

就在宋瑞纠结不定的时候,息县县委书记找她谈话,推心置腹地说:"目前,全国各级选派出像你这样的优秀干部,在脱贫一线任驻村第一书记的有近20万人，但用优秀传统文化在贫困村探索脱贫致富新路子的，据了解只有你一个人。而且弯柳树村的实践证明，现在花开正红，全面收获累累硕果指日可待。我真诚希望你留下来再干一个任期，争取把这条路子完整地探索出来。这不仅对息县所有村庄，就是对全省乃至全国所有村庄都有借鉴示范作用，你想想那该是多大的贡献啊！"

这番恳切的挽留，让宋瑞感到肩上的责任更加重大。

2015年8月，河南省直机关选派的221名第一书记中，宋瑞的名字赫然在列。

当初宋瑞来弯柳树村，就是为了能够探索出一条不一样的扶贫之路，以中华优秀传统文化唤醒人心、改变村风，让村里的"德孝文化乡村游"产业和生态有机农业产业不断壮大，让弯柳树村早日彻底摘掉贫困帽子——这就是她的"初心"。

为了初心，为了不辱使命，面对"大家"与"小家"的人生选择，宋瑞毅然选择了"大家"。

这年的暑假，宋瑞在弯柳树村举办了"中华青少年德孝感恩乡村夏令营"，接待游客6000多人次。经过3年培育打造的德孝文化培训产业和乡村游产业进入快速发展阶段，昔日的贫困村成了崛起的文化新村。而宋瑞本人，也收获了"河南省第二届成功女性十大爱心女性奖"的荣誉。

3

2017年5月27日夜,已经10点了,宋瑞忙完工作拿起手机,才发现漏接了女儿的视频电话。看看表,女儿应该还没睡,赶紧拨了回去。

视频电话接通,镜头里是熟睡的外孙女。

"妈,宝宝等不上你,睡着了。"

"光顾整理材料,没听见你打视频电话。"

"妈,马上端午节了,你回来不回来?"

"可能回不去了,端午节期间有好几拨外地人要来村里参观考察,村里也有活动。"

"越是假期你越忙,啥时候你也给自己放放假,歇几天啊。"

"快了,年底这轮扶贫就到期了,回到机关我就能恢复正常生活了。"

"唉,快点回来吧,都五年了,天天这么忙,真担心你哪一天身体受不了。"

"没事乖乖,妈妈身体好着呢。"

…………

与女儿视频完,宋瑞没有一点儿睡意。刚入夏,天还不那么燥热,村里广场上已经人散声息了,窗外一片宁静,偶尔从远处传来几声蛙鸣。

宋瑞站在窗前,享受着这夏夜的凉爽。对她来说,只有这静夜才属于自己。关不住的思绪可以信马由缰，任意驰骋，而她的所思所想，总是离不开弯柳树村，离不开乡亲们。

她摊开本子，开始写日志——

女儿，你知道吗？

我在乡亲们那里得到的都是纯朴的爱！在贫困乡亲的病床前坐着说话，他们会伸出粗糙的手，拉着我有说不完的感谢。

在村里，就像在一个大家庭里一样。今天得知，弯西组贫困户段平的妻子眼睛看不见了，我得赶快给她想办法；汪庄贫困户汪建的抑郁症，去年经过爱心企业帮扶治疗、疗养基本好了，半年多能正常生活劳动，遇突发事件刺激又轻微复发了，明天我要带他去继续接受有效的治疗。

这两年看着有远见卓识的企业家一个个到村投资，投资 1500 万的生态有机农业项目、莲藕合作社、服装加工厂、传统文化培训产业和养老基地，先后都已经落地弯柳树村了，我心里很踏实。

一个省级贫困小村，四个项目已开工上马了三个，干得热火朝天，打赢脱贫攻坚战指日可待！曾经贫困的弯柳树村未来的前景该有多么美好！用中华优秀传统文化先扶心扶志，带动产业形成脱贫致富奔小康，乡亲们精神和物质同时脱贫，走上一个心灵的净地和道德的高地，必将走出一条"中国农民的幸福之路"，影响和带动中国农民，都走上"孝悌忠信礼义廉耻"做人八德俱足，心灵纯净祥和，生活富足安康，乡风和谐美好的幸福之路。

让中华优秀传统文化走进千家万户，让（社会主义）核心价值观变成老百姓的好活法，让圣贤教育在中华大地焕发生机，让人民过上物质和心灵都幸福的生活。这是作为党员的妈妈，响应中央号召，一头扎进这个贫困村，五年坚守的初心和目标。

这个目标正在实现！亲爱的女儿，别担心！等妈妈在脱贫攻坚一线战场，打一个漂亮的大胜仗，抱着一个大大的军功章回家。军功章里有你和小宝宝、和咱全家人的一大半！

谢谢亲爱的家人、亲人们的理解支持，想念你们，端午节快乐！

日志是宋瑞写给自己的，又何尝不是在向女儿倾诉呢？

转眼，宋瑞的第二轮扶贫又要到期了。时间过得太快了，不光宋瑞觉得时间过得快，乡亲们也觉得时间过得快。人们拦不住时间，却想拦住他们的第一书记宋瑞。

对于宋瑞来说，又到了选择的时刻。说心里话，这一次她是确确实实打算要回去的。行李包都打好了，宋瑞也答应了闺女，外孙女都两岁了，该进行早教了。况且，如今的弯柳树村传统文化产业扶贫做得风生水起，成为许多县市来参观学习的样板。弯柳树村在全国也是名声远播。她年龄也大了，身体开始出现这样那样的毛病,撤回来,再不用奔波,就可以享受恬淡安静的生活。

两年来,落户在弯柳树村的产业项目有的稳步发展,有的初见成效,一切都按照规划运行。弯柳树村的道德讲堂名气越来越大。每次讲课,周边村的不少村民也会赶来听课,甚至相邻县的一些群众也会慕名而来。无论是领导,还是弯柳树村的乡亲们,都认为宋瑞这个第一书记当得很成功,"功德圆满"了,完全可以功成身退了。

可弯柳树的乡亲们,还是舍不得宋瑞。一听说宋书记要走,大家都觉得心里一下子少了依靠。

大家还和两年前一样,见面就问宋瑞:"宋书记,你走了我们怎么办?"

那种无奈和难舍的眼神,让宋瑞感到温暖。整整五年,宋瑞早已把这里当成了她的第二故乡,村里的一家一户,一草一木,她已经谙熟于心,也成了她心中的牵挂。

2017年10月19日,河南调查总队时任总队长俞肖云来到弯柳树村。俞肖云来过弯柳树村多次,乡亲们大多都认识他。看见他来了,不知是哪个村民说:"俞总队长来接宋书记回去了。"

这个消息一传出,就像在平静的湖面上扔下一块石头,迅速在弯柳树村传开了。得知消息的村民们一下子都拥到村部,有的提着鸡蛋,有的拎着活鸡,有的扛着一袋花生,来给宋瑞送"分别礼物"。

赵忠珍更是控制不住自己，"哇"地哭出声来，边哭边说："宋书记是我的恩人，我舍不得您走哇！"

赵忠珍是一个苦命的女人，曾一度失去生活的信心和勇气，多次想过自杀。是德孝文化春风般吹开了她的心结，温暖了她的身心。五十多岁的她，还成了德孝歌舞团的舞蹈演员。

邓学芳也哭了，她哽咽着说："宋书记，你走了，一定要常回来看看，弯柳树村就是你的娘家，不管啥时候来，我们都欢迎你……"

邓学芳家几年前一贫如洗，看病拿药时，家里的全部积蓄只有60元钱。60元钱的药吃完，接下来的日子只能慢慢熬。宋瑞来了，带她走进了道德讲堂，除了学习传统文化，还参加了村里的德孝歌舞团，斗大的字不识一个的她，竟然自唱自编歌曲。德孝歌舞团出名了，邓学芳也随之出名了。村里的文化产业开始创收，歌舞团的演员们都有了收入，邓学芳也成了拿"工资"的演员。

"宋书记，要常回来看看，大家都会想你的……"乡亲们都舍不得让宋瑞走，眼圈都红了。

在过去的五年时间里，弯柳树村就像一座核反应堆，能量在不断地聚集，终于达到了质变。从最初的德孝文化到致良知的学习，乡亲们被注入了一种伟大的精神力量。村美了，人心也美了。知恩感恩、无私奉献，成为当下弯柳树村人为人处事的准则。

许兰珍小跑着从家里来了，手里拿着一个塑料袋，里边装着一双红白相间的棉拖鞋。一见宋瑞,她就着急地说:"宋书记,这是我专门给您织的棉拖鞋,我手笨,做得不好,您得收下。本来想到天冷的时候,再送给您,没想到您说走就走,就留个念想吧。"

接过拖鞋,宋瑞用手轻轻抚摸着鞋面鞋帮上精致的花纹,感觉心里沉甸甸又暖烘烘的。

在宋瑞看来,这哪儿是一双普通的棉拖鞋,分明是乡亲的一份淳朴真挚的爱,不仅是对自己的爱与感激,更是对党和国家的信任与感恩。

宋瑞心里明白,乡亲们心里也明白,她是党员,是国家干部,一切都需要听党组织的安排。但是,如果让她选择,这次她决不会再犹豫,她将义无反顾地选择留下,选择坚守。

宋瑞反复想过,如果这个时候走,自己会留下很多遗憾。此时,虽然弯柳树村的文化产业日趋成熟,已成为全国各地学习的样板村,但她还没来得及为几年来的探索实践设计出来一个完整的体系。

习总书记在十九大报告中说:"使命呼唤担当,使命引领未来。"

宋瑞觉得,总书记的话是在呼唤那些有胆识、有担当的人走向基层。

宋瑞想起昨天听十九大报告时的激动,好几次听到动情处,她都禁不住泪水盈眶。她知道,自己早已把个人的担当同弯柳树村的发展紧紧联系在了一起。

习近平总书记的号召，基层工作由谁来干？几年来的驻村，让宋瑞积累了许多基层工作经验。此时，她清楚村里下一步该干什么，怎么干；也清楚不能干什么，不能怎么干。那么，在党和乡亲们正需要的时候，自己又怎么能临阵脱逃呢？

俞总队长被现场的气氛感染，他顿了顿，然后清清嗓子，向村民大声说："大家好，我现在告诉你们一个好消息——"

人们顿时安静下来。

俞总队长接着说："宋瑞同志向组织请示，继续驻村，直到把弯柳树村两委班子带强，把党员队伍带强，真正实现乡村振兴的目标后再离开。而且县委也跟上级打了报告，建议宋瑞同志再留任一个任期，把这条文化扶贫实践的路子探索完整。目前，组织上已经批准宋瑞同志继续留任弯柳树村。"

俞总队长话音刚落，一名村民就激动地喊道："太好了！太好了！"

随后响起了雷鸣般的掌声。

宋瑞不停地擦眼泪，连连说："谢谢，谢谢！"

宋瑞第二次选择留下来，是想再多带带这里的父老乡亲，再多带来几个项目，让弯柳树村真正走上健康、稳定的可持续发展之路。而自己也可利用这两年时间，将弯柳树村精心打造成一个全国"加强扶贫同扶志扶智相结合"的脱贫攻坚样板村，一个文化自信的示范村，一个以传统文化实现乡村振兴的试点村。

4

宋瑞留下来了，但对女儿如何交代？她答应过女儿这期扶贫结束后就回去的。

前段时间，女婿方鹏给宋瑞买了一本《心学大师王阳明》。

宋瑞在"学党章党规、学系列讲话，做合格党员"学习中，读到过习近平总书记关于王阳明心学的讲话，总书记指出："王阳明的心学正是中国传统文化中的精华，也是增强中国人文化自信的切入点之一。"

宋瑞就想，这本书肯定对优秀传统文化扶贫有帮助。

阳明心学让宋瑞非常震撼，她被王阳明护国爱民、鞠躬尽瘁的精神和人格感动，尤其是王阳明被贬后"龙场悟道"，写出"教条示龙场诸生"的故事，使她更加坚定了推广优秀传统文化的信念。

宋瑞面对再次去留的选择时，没有像上次那样直接把想法告诉家人。宋瑞真的不好意思说了，自己总是说话不算话。

宋瑞采取迂回战术：带女儿、女婿去贵州龙场——王阳明悟道的地方，以此感染他们，让他们支持自己。

宋瑞对女儿说："闺女，我平时总是在外面忙，过几天我请上几天假，咱们一起去贵州旅游。媒体说今年黄果树的水势特别大，瀑布相当漂亮。"

宋瑞先"虚晃一枪"，拿黄果树瀑布做"掩护"，到了贵州

　　　　　　　　　　　　　　　润物细无声

再顺势带他们去龙场。

女儿、女婿很高兴地答应了。贵州之行完全按照宋瑞的计划,很是顺利,他们来到了龙场。

他们走过君子亭,穿过何陋轩,来到王阳明当年居住的山洞。宋瑞脚踩着潮湿的地面,四周是透风的石壁,当年王阳明就是在这样恶劣的环境中,凭着不屈不挠的毅力,书写中国优秀传统文化的辉煌。

宋瑞似乎不经意地对女儿、女婿说:"你们看看王阳明老先生,在逆境中都能做出举世瞩目的功绩,而我在弯柳树村,既有组织的指导帮助,又有单位和领导做后盾,还有村干部和乡亲们齐心协力的支持,要是还不能让乡亲们脱贫致富,真是方方面面都说不过去。"

宋瑞说完,又追问女儿道:"你说妈妈说的有没有道理呀?"

女儿看着母亲,笑而不答。

当天晚上,宋瑞收到女儿的微信:"妈妈,当时没有回答您,是因为周围好些人不方便说,家人的秘密怎能让外人知道呢。妈妈,这次带我们来贵州旅游,您是醉翁之意不在酒,让我们看龙场才是核心,是不是让我和万鹏受教育的意味更浓些呢?我没猜错的话,您是想留在弯柳树村继续干,直到完全脱贫是不是呢?您是担心我和万鹏不支持您对不对?然后就用王阳明老先生来启示我们对吧?妈妈,我可是在大学时就入了党的,既是女儿,又是同志,您要做一个合格的共产党员,我无论于公于私都会全力支持您的。只是盼望妈妈干好工作的同时,也一定要注重身体。等您凯旋的那天,我同万鹏还有小宝宝一起去接您!"

看着女儿的短信,宋瑞激动得满眼泪花,当即回复:"宝贝女儿,谢谢你能善解妈意!"

第二章　村里来了个女干部

要动员全党全国全社会力量，坚持精准扶贫、精准脱贫，坚持中央统筹省负总责市县抓落实的工作机制，强化党政一把手负总责的责任制，坚持大扶贫格局，注重扶贫同扶志、扶智相结合。

——摘自党的十九大报告

1

2012年10月，过了寒露，天气慢慢变凉。

田野里一片空旷，稻子、玉米等已经收完了。一方方的荷塘，枯黄的荷叶昭示着丰收的厚重，快到挖藕的时候了。

一辆小轿车行驶在息县通往弯柳树村的公路上。公路两旁一棵棵笔直高耸的白杨，树叶开始变得沧桑。大自然中，生命的绿色在一点点地褪去，处处透露着季节的信息。

小轿车上坐着一位四十多岁的中年女性，齐耳短发，看上去精神、干练、沉稳、大气。她目不转睛地盯着窗外，好像在思考着什么。这是她第一次来这么偏远的乡村。久居省会郑州，看到一望无际的旷野，突然有种久违的亲切感——有土地就有希望,这是一片希望的田野。

她就是河南省调查总队选派到弯柳树村的驻村扶贫干部宋瑞——她将在这里度过三年的时光,对贫困户开展帮扶工作。

宋瑞决定来弯柳树村,是带着满腔热情和无限憧憬的。在她看来,贫穷不可怕,只要肯吃苦,没有脱不了的贫。

这次驻村,总队领导再三对她说,大胆干,工作中有啥困难,有啥想法,我们会全力支持,总队一定做好坚实的后盾。宋瑞只是点点头,没有向领导夸口,更没有豪言壮语。

扶贫最大的困难就是没项目、没资金。宋瑞想,只要能找到适合村子发展的项目,资金问题不大,一方面有政府的扶持资金,还可以利用单位的帮扶和各种资源。眼前,最关键的就是找项目。只要有好的项目,资金一到位,弯柳树村的脱贫就指日可待。想到这里,宋瑞信心满怀。即将开始的扶贫工作,将是一段激情燃烧的岁月。

"弯柳树村,我来了!"宋瑞在心里默念。颠簸了四百多公里,弯柳树村就在眼前了。

车子驶进村子,速度慢下来。宋瑞直了直身子,仔细打量着车窗外的一切。弯柳树村给她最直观、最深刻的印象就是一个字:脏。道路两边堆满了大小不一的垃圾堆,五颜六色的杂物混在一起,路边的沟里、水塘里遗落着塑料袋、腐烂菜叶、破烂布片,以及一些分不清颜色、说不清何物的东西,在秋意渐浓的秋天,隐约散发出腐臭的味道。车子一过,尘土飞扬,垃圾袋随风飘荡。最大的垃圾堆竟然有十几米高,宛如一座小山。

临街的一户人家门口,许多人围成一群,有男有女,有老有少。

"村里不知有啥事,这么多人围在一起干啥?"宋瑞问。随行的总队领导也好奇地把身子朝前靠靠,向窗外瞅去。

宋瑞的话音刚落,就听见一个男的大声喊道:"妞——回去给你妈说,饭做好了,给我端过来,我这会儿手气正旺着呢。"

原来是麻将摊子。宋瑞皱了皱眉,没说什么,只是表情更为凝重了。

到了村部,一个院子,几间房子,陈旧破败。为了迎接她的到来,院子显然是刚刚打扫收拾了一番,即便如此,也掩饰不住往日的荒芜。所谓的村班子,仅有村支书和村主任两个人,很显然,村两委的工作几乎处于瘫痪状态。

宋瑞把行李卷放下来。从这天起,她就把"家"安在了弯柳树村。

宋瑞初到村里,一位村干部的眼神中充满了疑惑,有些惊讶:"你就是省里派来扶贫的?"

宋瑞一愣,笑了笑,不急不躁地说:"怎么,不欢迎呀?"

这位村干部没有作答,但他的表情已经告诉宋瑞——他的确不欢迎她。在村子里陪宋瑞走访的时候,他始终没有说话。宋瑞很清楚,这位村干部是不相信她。她猜想,他肯定认为,这么一个单薄的女子,如何带领弯柳树村脱贫致富奔小康?

村民们对她也很疏远,见面大多是一副冷面孔,不理不睬的。

"村里来了个扶贫女干部。"第二天一早,这个消息就传遍了弯柳树村的家家户户。

"还是个女的?"

"也没啥稀罕的,穿着挺洋气的。"

"我就要看这个女干部能在咱村待几天。"有村民质疑。

"还不是和往常一样,都是下来待两天镀镀金就走了,谁会在咱这穷村待下去?"有村民很世故地说。

"就是的,现在的干部到村里,净忙那些无关紧要的屁事,就是不为老百姓干件实事。咱们还是该干嘛就干嘛,有啥稀罕的。"

大家七嘴八舌,一对一答,以自己的经验发表着对宋瑞驻村的"见解"。

2

我国的扶贫工作从中华人民共和国成立就已经开始,到改革开放之初的 30 余年间,因为国民经济基础极端薄弱,生产能力低下,以至于在 1978 年我国还是世界上贫困人口最多的发展中国家之一。

真正意义上的扶贫,是从 20 世纪 80 年代中期开始的。

那时候,国家的主要目标是解决农村贫困人口的温饱问题,着重改变贫困地区经济文化落后的状态。尤其是十一届三中全会以后,因制度性的变革,极大地缓解了农村的贫困问题。按国家贫困标准统计,到 1985 年,没有解决温饱的贫困人口从 1978 年的 2.5 亿人减少到 1.25 亿人,贫困发生率由 30.7%降为 14.8%。贫困人口平均每年减少 1786 万人。

这是一个很了不起的成绩。

1986 年,国家专门成立了扶贫机构——国务院贫困地区经济开发领导小组,1993 年更名为"国务院扶贫开发领导小组"。从此,大规模的扶贫开发工作在全国范围内有计划、有组织地铺展开来,使得农村扶贫进入了规范化和制度化。

到 2010 年,按低收入贫困线衡量,农村贫困人口还有 2688 万人,贫困发生率为 2.8%。此时,我国基本解决了温饱问题。

2011 年国家再次提升扶贫标准,相对应的贫困人口一下又增加至 1.22 亿人。此时,我国的扶贫工作转入巩固温饱成果、加快贫困地区脱贫致富、改善生态环境、提高发展能力、缩小发展差距、促进共同富裕的新阶段。

2011 年 12 月,中共中央颁布实施《中国农村扶贫开发纲要(2011—2020 年)》(下文简称《纲要》),制定了扶贫开发的总体目标:到 2020 年,要稳定实现扶贫对象不愁吃不愁穿,保障其义务教育、基本医疗和住房。贫困地区农民人均纯收入增长幅度高于全国平均水平,基本公共服务主要领域指标接近全国平均水平,扭转发展差距扩大趋势。

按照《纲要》,到2020年全国要基本消灭贫困人口,这就意味着每年需要减贫1000万人以上。扶贫开发成为新时期国之大事、党之重事。

要完成这个攻坚任务,就需要动员社会各界的力量来配合。据公开报道,2012年以来,有近80万中共党员干部"上山下乡"到贫困村驻村帮扶,19.5万名机关优秀干部到村任第一书记。

在这个庞大的队伍里,宋瑞就是其中的一员。

宋瑞素以组织能力强、文化素养深、工作拼得上出名,有着丰富的工作经历与经验。尤其是2006年3月至2012年9月,宋瑞被河南省委组织部选派下基层挂职锻炼,从南阳市卧龙区副区长到农运会市场开发部副部长,在不同的岗位上均取得了不俗的业绩,颇得领导信任与赞赏。而她这次到息县驻村帮扶,说起来也是一种机缘。

2012年9月22日,第七届全国农运会闭幕,宋瑞挂职工作算是画上了句号。六年多的时光,在不经意间流失。组织上明确表示,她一再延期的挂职工作这次真的结束了,可以回郑州了。几年来抛家离子、独处异地的生活,虽然辛苦,但宋瑞却把这段经历看作人生中最难得的黄金岁月。

宋瑞已做好归队准备,却意外接到息县县委领导打来的电话——希望她能到息县工作,把全县的传统文化推广工作

　　　　　　　　　　　　　润物细无声

抓起来。

　　原来，2012 年 8 月，宋瑞曾在息县举办过一次关于"做有道德的人"的公益论坛。当时息县县委、县人大、县政府、县政协四大领导班子成员都参加了。听完她的讲座之后，息县四大班子领导都很受启发，觉得这样的论坛很好。而此时，息县群众上访比较突出，是市重点监控县。为了转变民风，让人心安祥，息县领导经过摸索实践，找到了问题的根源和解决问题的抓手。于是，息县就成立了一个关于传统文化道德教育的领导小组。但到了具体工作，却没有人懂得如何运作。大家不约而同地想到了宋瑞。随后，他们不仅摸清了宋瑞的情况，还了解到她在南阳已经开办了两年的传统文化公益论坛。

　　宋瑞与传统文化的结缘，源于一次偶然的机会。2010 年 9 月的一个周末，宋瑞回到郑州，碰见了要好的朋友李巧红。李巧红拿出两张票对宋瑞说，这是明天在郑州会展中心举行公益论坛活动的票，主题是"学习中华优秀传统文化——做人"，听说不错，有时间您去听听吧。

　　宋瑞以前很少接触传统文化，一听到文化，总有一种很缥缈的感觉，就推辞说不想去。

　　李巧红好像看透了她的心思，就劝道，宋大姐，你没事就去听听吧，哪怕听上半天，收获也会很大的。

　　难得朋友这么真诚相邀，盛情难却，宋瑞便答应了。

　　然而，宋瑞绝对没有想到，这看似一次随意的答应，却无意间让她与传统文化结下了不解之缘。

几个小时的讲座，宋瑞一点儿也没感觉到累，反而越听越有兴致。几场报告听下来，犹如醍醐灌顶，宋瑞恍然明白了什么是真正的身心和谐、社会和谐。是啊，社会和谐来源于家庭和谐，家庭和谐则来源于家庭成员的身心和谐。不解决身心和谐的问题，就无法搞好家庭和谐。众多的家庭不和谐，怎么能够建成和谐社会呢？儒学是最好的人学，是最好的做人之道，真正能启发人性良知，塑造人与人之间的友爱和谐。这是中华民族的根，是打开幸福人生的金钥匙。

在工作中，宋瑞时常会遇到一些上访的群众。她总是想，怎么才能解决这些问题呢？听了这次讲座后，这个百思不得其解的难题，终于有了答案——要把做人的道理、规矩向群众讲清楚，让他们学会用是非标准来判断、来衡量。这才是最重要的，也是群众所需要的。

宋瑞兴奋不已。她是在"批林批孔"的年代长大的，思想认识深受影响，现在看来，以前自己对圣贤孔子并不了解。

这次公益论坛，来自全国各地的十多位讲师都是传统文化的倡导者、推行者、践行者和受益者，他们用自己的亲身经历和感受，围绕孝道、伦理、感恩、诚信等，以智者的语言生动形象地阐释了中华优秀传统文化的内涵。

短短3天时间，宋瑞心灵受到强烈的震撼。她反思自己，对照圣贤，突然感到一种紧迫感，觉得只有不断给自己输入新的血液，才能不断完善自己，才能活出幸福的人生，活出一

　　　　　　　　润物细无声

种新的境界来。

宋瑞默默地告诫自己，要把学习中国的传统文化这一课赶快补上。从此，她便开始系统地学习中华传统文化经典。在基层工作实践中，她深深地体会到，中华古圣先贤"敬天爱人，天下一家，世界大同"的理想，与中国共产党全心全意为人民服务的宗旨、为解放全人类而奋斗的目标，是一脉相承的，是有根脉可寻的，都是源于中华民族上下五千年优秀文化的传承与发展。

立志做一个像焦裕禄、孔繁森那样全心全意为人民服务的共产党员，大力弘扬中华优秀传统文化——这正是宋瑞努力践行的，为她后来的"扶贫扶心"奠定了思想基础，也为落实习近平总书记"增强文化自信""找回做中国人的底气和骨气"的指示精神增加了足够的底气。

对于息县的邀请，宋瑞有些犹豫。此时，父亲正承受着肺癌晚期的折磨，宋瑞因工作忙碌不能陪在父亲身边而心存愧疚。在父亲最后的日子里，她想多陪陪父亲，尽尽孝道。

宋瑞决定回老家南召县跟父亲商量一下。

父亲同意我去，我就去；父亲不想让我去，我就不去。回老家的路上，宋瑞在心里默默想着。

宋瑞没想到的是，当她郑重地向父亲征求意见时，病痛中的父亲说："这确实是个大事，我建议你去吧，你应该去，要做起来，要做好。"

父亲的态度很明确，他的一席话，解开了宋瑞心中的结。

宋瑞说："爸，我听您的，去息县。这次回来我在家陪您几天，回去就说这事。"

父亲却说："不行，你明天就回去上班。一个县在等着你，不能耽误，家里有你弟弟和弟媳，你就不要担心啥了。"

宋瑞看着瘦骨嶙峋的父亲，再也忍不住，眼泪喷涌而出。父亲却微笑着说："生老病死，多正常的事，你应该能想得通。"

宋瑞原本想在家多住一晚上，第二天再走。可这天晚上（2012年9月25日）正好有辆车从南召回郑州。就这样，她带着父亲的嘱托走了。

宋瑞这一走，居然是与父亲的诀别。仅隔一天，当宋瑞再次回到家的时候，父亲已经永远离开了她。

宋瑞悲痛不已，深深的内疚让她切身体会到了"子欲养而亲不待"的遗憾。本来她还想趁国庆节假期带父亲去少林寺，多陪陪父亲。然而，转眼间她与父亲已是阴阳两隔，再也没有这样的机会了。

宋瑞默默地流着泪，耳边又响起了父亲语重心长的嘱托："……我建议你去吧，你应该去，要做起来，要做好。"

办完父亲的后事，宋瑞给息县领导回了电话。

一个县要引进一个处级干部，组织程序上也不是一件容易的事情。事有巧合，正好此时省里下发文件，要求省直单位、中直单位均要委派一名干部到对口帮扶贫困村驻村，而宋瑞单位帮扶的贫困村，正好是息县的弯柳树村。

3

来弯柳树村前,宋瑞先做了一番"功课"——

弯柳树村距息县县城不足 10 公里,有着久远的历史,古称竖斧村。息县八景"竖斧春耕"的典故,就发生在这里。东晋著名道教学者、炼丹家和医药学家葛洪,为寻仙采药炼丹,踪迹遍布祖国大江南北,曾居于弯柳树村旁的竖斧堰。相传每到春耕时节,夜深人静之时,便传来隐约的砍柴伐树和赶牛耕种的声音。人们打开门看时,又不见人影。天长日久,人们就以为是神仙担心人们贻误农时,借此催促人们劳作,遂生感恩之心。每到春天,庄户人再听到声音,便会早起劳作。弯柳树村人也因勤劳耕作,过上了富裕美满的幸福生活。

以种植小麦、水稻、玉米等农作物为主的弯柳树村,人们收入相对较低。加上村子里赌博成风,许多人整天无所事事,打牌喝酒。于是,夫妻矛盾、婆媳不和、邻里争吵等现象成为突出问题。街道上更是杂草丛生,垃圾遍地,污水横流。出外打工的人多了,许多老人无人照顾,有的被儿女安置在院子外低矮的"趴趴房"里。弯柳树村,"竖斧春耕"传说的发生地,却变成了一个典型的乱村穷村,幼无所教,老无所依。

全村共有 17 个村民组,14 个自然村,2130 多口人,3500余亩耕地,460 多户人家,其中有 146 户贫困户。

刚开始,宋瑞在村里没有固定的住所,总是在村民家里轮住。其实,宋瑞是完全可以住在县城的。因为作为一名处级干部,还兼任息县人民政府党组副书记,主要负责全县传统文化的推广工作,县政府为她安排了办公室及住所。但宋瑞除了开会却很少回县城,坚持住在村里。她清楚,必须深入到村民中,与村民零距离接触,才能真正走进村民内心的世界,获得村民的信任。

没有调查就没有发言权,没有研究就没工作思路和方向。

过惯了城市生活的宋瑞,一下子来到这么偏僻的小乡村,开始真的很不习惯。逼仄的房间,屋里屋外的脏乱,甚至有的农户床上还散发着莫名的味道。最不方便的是晚上如厕,农家厕所都在屋外面,而大多人家的院子没有围墙,天黑漆漆的,更没有路灯,地面又坑坑洼洼,真挺让人害怕的。但她告诉自己,必须适应这样的生活,成为弯柳树村名副其实的村民。

入村后,宋瑞先是在村里转转看看,与村干部谈心,向村民了解情况。十几天下来,宋瑞发现:村里竟然没有一条水泥路,一到下雨天,道路就泥泞难行,让人无法出村;田地的灌渠也因为年久失修,早已无法使用。尤其让宋瑞难以接受的是,村里到处都是垃圾,房前屋后、道路两旁、河渠坑塘中,都是垃圾,散发着刺鼻的臭味。更让她想不到的是,即使子女有赡养能力,却让老人住在池塘边的小窝棚里,或是透风漏雨的老房子中,与他们的新房形成强烈的反差。

村里的青壮年男子几乎都出去打工了,村中多为老人、病人及妇女儿童。整个村子死气沉沉的，没有一点儿生机。一到农闲，村民们就在垃圾堆里打麻将，夫妻矛盾、婆媳不和、邻里争吵等在村里经常发生。这样的村风，难怪全村460多户人家，竟有146户贫困。

接下来，宋瑞开始一家挨着一家，一户挨着一户进行走访，了解到了乡亲们真实的生活状况，以及每家的困难所在。真如俄国大文学家列夫·托尔斯泰在《安娜·卡列尼娜》开篇所写："幸福的家庭都是相似的，不幸的家庭各有各的不幸。"

这天吃过晚饭，宋瑞想去村里转转，找村民聊聊，摸一些具体的情况。她刚走到管大嫂家附近，就听到一阵争吵声，还夹杂着"乒乒乓乓"的声音。

"就你这一副'死身子活罪'的模样，我整天诚心伺候你，你倒好，摆起爷来了，不吃药，不吃饭，想死啊？"管大嫂愤怒地吼道。

"就想死，今天就想死，咋了？我早不想活了，我活着就是个累赘。"一个男人歇斯底里地喊叫着。

管大嫂呜呜地哭起来："我这是造了哪辈子的孽啊？走的走，瘫的瘫。死吧，你今天就去死，死了我也轻松，免得整天受罪。"

接着，又传来"噼里啪啦"的声音。

宋瑞赶紧向管大嫂家跑去。刚一进门，迎面便飞来一只破手套，差点打在宋瑞身上。

屋子里一片狼藉。地上散落着碗碟的碎片，菜洒了一桌子,汤流了一地,让人无处下脚。几只胆大的鸡,不知趣地在地上啄食。

见宋瑞来了,管大嫂又委屈地大哭起来。

管大嫂的丈夫靠在床上,见有人进来,把脖子一拧,脸朝向里,一副无所谓的样子。

宋瑞给管大嫂递上毛巾,边帮忙收拾屋子,边安慰道:"大嫂,别伤心了,有啥事好好说,您要是生气伤了身子该怎么办?谁来照顾大哥呢?"

管大嫂哭道:"管他干啥,我就是生得贱,给他端饭喂药,端屎端尿,他还嫌弃自己不舒坦,要绝食,不喝药,整天寻死觅活的,要死就早点死好了,这样最好,谁都别拖累,我也图个轻松。"

"大嫂别说气话,大哥也是得病时间长了,心里难受,见你整天伺候他,他也是心疼你呀。你看,家里里里外外就你一个人操劳,他才会多想啊。不管怎样,日子总是要朝前过啊……"宋瑞话锋一转,"大嫂尽管放心,以后不管有啥解决不了的困难,你找我,我会尽力帮咱解决,有政府呢。"

在宋瑞的劝说下,管大嫂情绪渐渐平复下来。

最后,管大嫂的丈夫也认识到自己的不对,主动向妻子道歉,说自己以后再也不耍孩子脾气了,一定好好吃药,好好吃饭。

管大嫂破涕为笑,狠狠地说:"老不死的,我这辈子咋结了你个冤家……"

看到管大嫂两口子和好了，宋瑞放心地离开了。

贫困户赵九军家比管大嫂家也强不了多少。他家的贫困是因一场意外事故。赵九军省吃俭用，又借了些钱，买了一台拖拉机，农忙时耕田用，农闲时就帮人家拉东西挣钱。一天早上，赵九军开着拖拉机去地里，转弯时发生了侧翻，在这场意外灾祸中赵九军的腰椎被砸坏。

这场灾祸彻底改变了赵九军的生活。他自己失去了劳动力，上门女婿离家出走，老伴也因劳累病倒，家里陷入困境中。他的精神彻底崩溃了。

宋瑞来到赵九军家，赵九军绝望地对她说："宋书记，我现在和行尸走肉差不多，真想早点死了算了……"

众多贫困户令宋瑞寝食难安，她牵挂着他们，寻思着如何让他们摆脱困境，过上正常的生活。而这些，她还真不怕，靠国家政策，加上各级政府做后盾，把这些家庭"扶"起来她是很有信心的。真正让她忧烦的，是村里的风气。

2013 年元旦，国家统计局河南调查总队的领导来弯柳树村慰问。

一大早，宋瑞和调查总队的领导有重点地看望了几户比较贫困的家庭。每到一家，领导都详细地询问情况，并送上米、面、油等慰问品。然而，就在慰问即将结束时，一件意想不到的事情发生了：宋瑞和总队领导被十几个村民堵在了村口。

"俺家也贫困，怎么不去俺家慰问？"

"俺家连化肥都买不起了！"

"孩子的学费还差一大截呢！"

…………

宋瑞第一次见识了弯柳树村民风之悍。原来是一些村民见调查总队的领导去了别人家，还送了那么多东西，红了眼，心里不平衡。

回到村部，宋瑞的心绪久久不能平静。一方面是生气，穷还有理了，这么蛮横，伸手向政府索要，一点儿都不感到愧疚，反而理直气壮，好像你们的贫穷是别人造成的。另一方面是心酸，乡亲们这么多困难，正是因为贫穷，他们才会这么在意，才会这么自私。她的心软了。我来这儿的目的，不就是帮助乡亲们脱贫致富吗？乡亲们不找我找谁啊？宋瑞感觉自己肩上的担子沉甸甸的。

深夜，村子里很寂静，噼里啪啦的麻将声也消停下来。宋瑞躺在弥漫着不明气味的破屋里，陷入了沉思之中。

"乡亲们还是穷啊！"宋瑞叹了口气，"前段时间调查、走访了解到的情况，还有些不全面。下一步，要尽快弄清楚各家各户的具体情况，找到适合村子发展的项目。只要大家忙起来，动起来，有事干，富裕了，这种现象自然就会消失了。"

4

第二天，天刚蒙蒙亮，宋瑞就来到村口公路边等公共汽车。她要去乡里、县里，为村子找项目，要资金。

宋瑞昨夜一夜未睡。她想了一整夜，眼下必须给村里跑来项目，找来资金，让乡亲们早日致富，彻底摘掉贫困的帽子。

一连半个月，宋瑞不知跑了多少趟乡里、县里，很多次为了赶时间连饭都顾不上吃。她打定主意，拿不到项目扶持资金不罢休。项目扶持资金就是打开弯柳树村扶贫的"金钥匙"。

2013年初夏，宋瑞终于为弯柳树村争取到一笔40万元的科技扶贫资金。按要求，这笔资金要扶持100户贫困户搞生态养殖或种植，每户一个养殖或种植项目，扶持资金4000元。宋瑞激动得眼睛都润湿了。多日的奔波终于有了结果，弯柳树村的扶贫走出了实质性的一步。

宋瑞第一时间给主持村里工作的村干部打去电话，兴奋地把这个好消息告诉了他。

这位村干部的表现却不温不火，只是淡淡地说："找到项目就好，关键是看村里有人愿意干不。"

宋瑞不解地问："这么好的项目怎么会没有人愿意干呢？谁不盼着早日脱贫致富啊。"

电话里，村干部含含糊糊地应和着，连起码的热情都没有。宋瑞并不在意他的态度，急急火火地赶回村里，迫不及待地想把资金尽快发放到村民手里。

告示贴出来了，让有种植或养殖意愿的村民到村部签字领钱。吃过早饭，宋瑞就来到村部，与村干部一起等着村民们前来报项目领钱。

一看告示上说让领钱,贫困户们兴奋地跑到村部。他们认为,签了字把钱领走就万事大吉了。宋瑞耐心地给大家解释:这钱是扶持大家搞种植和养殖的,要领钱,得先报个养殖或种植项目,而且一定要把项目搞起来,不然这个钱不给。

村民们一听,那股兴奋劲一下子就没了,还发起了牢骚。

"给钱就给钱,还得叫弄项目,就不是诚心给的。"

"养殖种植项目是随便搞的?又麻烦又费劲,谁能搞成?"

"给钱俺就要,让种植养殖,俺不会。"

"要让种植养殖,这钱俺宁可不要了。"

"把钱都花到项目上了,赔钱了咋办?"

"使这钱太麻烦,不划算,走了。"

…………

一拨人不满地走了,而且还在村里四处传播。

眼前的情景犹如一盆冷水浇在宋瑞火热的心头,她一下子蒙了,不知道对他们说什么。她呆呆地站在那里,很久都没有回过神来。

一个月过去了,40万元的扶贫资金一分也没发下去,县里只好调给别的村。

给钱都不要,这贫该咋扶?一个大大的疑团压得宋瑞喘不过气来。为什么?为什么?为什么?……宋瑞在心里连问了无数个"为什么",她甚至想一走了之。但冷静下来之后,宋瑞发现自己还是太心急了。她意识到,自己对乡村扶贫想得太简单了。

在走访中，宋瑞了解到，以前扶贫，只给钱给物品，不要求大家搞养殖种植。

宋瑞心里五味杂陈。在她看来，国家出钱，扶持贫困户通过劳动致富脱贫，这是顺理成章的事情，可乡亲们怎么就不领情呢？

七十多岁的老支书陈文明见到宋瑞，无奈地说："宋书记，这样的结果在我预料之中，只是没想到，全村竟然没有一户领这个钱。"

"搞养殖种植不就是咱农村的优势吗？咋给钱都没人愿意干呢？"

陈文明叹了口气说："宋书记，说到根上，咱村这个穷，就是因为一个字——懒。"

宋瑞点点头，没说话。她心想，人最怕的就是懒，要是不能把这个"懒病"治好，恐怕啥事都很难做好。

陈文明又说："大家都养成习惯了，国家政策多好呀，你穷了，国家又给钱又送东西，拿到钱，不思进取，打牌喝酒。钱花完了，就坐等，反正有扶贫干部想办法。就这样，等靠要也就成了习惯，懒慢慢就成了风气。"

陈文明的一番话，让宋瑞感到特别震惊。

宋瑞若有所思地说："所以，弯柳树村才一直这么穷，贫困户才这么多。"

下一步该怎么办？宋瑞陷入了沉思。

一连好几天宋瑞都待在屋里,她在对村里的情况进行梳理与思考,最后得出如下结论:弯柳树长期形成了自私冷漠等不良风气,好吃懒做、喝酒赌博成为大多数村民的"精神诉求"。尤其突出的是贫困人群的精神风貌,颓废萎靡,有着严重的"等、靠、要、懒、怨"思想。

宋瑞决定召开一次村干部会议,讨论如何扭转这种不良风气,如何有效解决孝道缺失、赌博严重、垃圾围村和村党组织薄弱涣散等难题。

会上,大家都不说话,你看看我,我看看你,最后都把目光投向了宋瑞。

其实,宋瑞来之前就与县领导商定好了,要以弯柳树村为试点推广传统文化,然后普及到全县。但想着自己驻村的主要任务是扶贫,要先把扶贫项目抓起来,然后再腾出手抓传统文化教育,丰富乡亲们的精神生活。但现在看来,不改变村民们的观念,落实项目就是一句空话。

"我打算先把传统教育抓起来,这是改变全体村民精神面貌的根本途径,大家看咋样?"宋瑞环视了一下几位村干部。

"我同意。"

"我也同意。"

"我也同意。"

…………

"既然大家都同意,那我们就马上行动,首先要有一个学习的场所。"宋瑞说,"这个场所要长期使用,不能占用学校,村部的地方太小,也不行。"

"村里有座天主教堂,能不能借用?"有人说。

"大家想想,能不能借?"宋瑞问。

"他们肯定不让借。"有人说。

"让借我们也不能借。"宋瑞果断地说,"大家想一想,我们扶贫工作队,还有村党支部、村委会,代表的是党和政府,借教堂来讲我们中华民族的优秀传统文化,那不成了天大的笑话吗?"

"那咋办啊?要建房子可得不少钱啊。"

宋瑞说:"建房子的钱我来想办法。学习场所的名字我都想好了,就叫道德讲堂,大家看怎么样?"

"好,好,好!"大家异口同声地说道。

"那好,下一步,我们就开始筹建道德讲堂,鼓掌通过。"宋瑞说着,带头鼓起了掌。

第三章　扶心法

　　要强化领导体制和工作机制，坚持大扶贫格局，贯彻精准脱贫方略，加强扶贫同扶志扶智相结合，对返贫人口和新发生贫困人口要及时予以帮扶。

　　——摘自习近平参加第十三届全国人代会第二次会议甘肃代表团审议时的讲话

1

　　宋瑞的"扶贫日志"中，有这样一段话："用中华优秀传统文化先扶心扶志，带动产业形成脱贫致富奔小康，乡亲们精神和物质同时脱贫，走上一个心灵的净地和道德的高地，必将走出一条'中国农民的幸福之路'，影响和带动中国农民，都走上'孝悌忠信礼义廉耻'做人八德俱足，心灵纯净祥和，生活富足安康，乡风和谐美好的幸福之路。让中华优秀传统文化走进千家万户，让(社会主义)核心价值观变成老百姓的好活法，让圣贤教育在中华大地焕发生机，让人民过上物质和心灵都幸福的生活。"

　　可以说，这是宋瑞在弯柳树村扶贫的核心"秘诀"。

在经历了上次失败之后，宋瑞决定把弯柳树村的扶贫重点放在扶心扶志上，即通过开展"立足传统文化，践行社会主义核心价值观"学习，弘扬孝道文化等中华传统美德，改变人心，唤醒亲情，重塑村民价值观，最终实现"家和万事兴，村和百业旺"。

"扶贫不能靠一时的给钱送物，必须先扶心扶志。人心是第一重要因素。根，就是人心，人心只要一改变，一切事都是人做的，只要有正确的价值观，正确的世界观，任何事情都能够做好。而传统文化教育，就是化育人心、解决根的问题。"宋瑞说。

而在有些人看来，宋瑞这是舍近求远，把功夫都下到传统文化教育上，何时才能实现脱贫致富？但宋瑞不这么认为，以优秀传统文化开启村民的心智，把扶心扶志作为扶贫的根本来抓，肯定能起到事半功倍的作用。

宋瑞更清楚，中华优秀传统文化的普及，对改变农村社会风气，尤其是对脱贫攻坚工作，必将产生巨大的推动力。

在这一点上，时任息县县委常委、宣传部部长余金霞与宋瑞认识高度一致。

余金霞也是一位传统文化的倡导者、践行者，她一直关注着弯柳树村的传统文化教育，在各方面都鼎力支持宋瑞。

说起自己学习传统文化的初衷，余金霞说："习总书记说，国无德不兴，人无德不立。而中华民族优秀传统文化的精髓在于道德，道德的根本则在于孝。我作为一名宣传工作者，要尽自己的微薄之力，做好优秀传统文化的倡导与传播。"

2012年8月，息县为培育和践行社会主义核心价值观，弘扬中华优秀传统文化，举行了以打造"文明道德息县"为主题的各种活动。

余金霞不遗余力地推广中华优秀传统文化。在她的带动下，息县涌现了一大批国学爱好者，他们在基层各个领域发挥着重要的作用，德化人心，教人向善。但是，在当时所起到的效果并不是太明显。

宋瑞与余金霞相识于2011年5月河南省巩义市委宣传部组织的一个传统文化学习班，当时宋瑞是辅导员，余金霞是学员。

宋瑞来到息县后，两人又成了共同践行中华优秀传统文化的同道者。

2013年初，为推进"文明道德息县"建设，息县启动了"美丽息县·清洁乡村"创建工作。

当时，息县筛选了3个乡镇的9个村，由余金霞带队，去山东学习传统文化"中华孝心示范村"的创建经验。中华孝心示范村工程组委会从2009年开始致力于弘扬中华孝道与中华优秀传统文化，在社会上产生了积极而广泛的影响。

中华孝心示范村工程组委会积累了一套成功的经验，对有意愿创建"中华孝心示范村"的村子，他们会派志愿者、义工驻村指导协助，提供为期一年的援助服务。但创建村要事先支付10万元的经费，一年后多退少补。一听到要拿这么多钱,原来筛选的村子都放弃了。而基础薄弱的弯柳树村,在宋瑞的坚持下确定做,而且一定要做起来。她对余金霞说:"我不能忘记来息县的初心,更不能辜负县委对我的期望。"

余金霞向县委汇报了宋瑞的思路后,息县县委立即召开常委会,最后确定:从传统孝道教育和"美丽乡村"两方面入手,把弯柳树村作为试点,将其打造成一个示范村,然后再在全县乡村推广。

于是,弯柳树村正式提出申报创建"中华孝心示范村"。经费当然是宋瑞协调解决的。

每每想到起步阶段的艰难,宋瑞曾无数次偷偷流泪,但她从来没有过退却的念头。

与宋瑞一起经历弯柳树村"蜕变"的余金霞感慨地说:"说句实话,农村传统文化教育推广真是太难了,一些陈规陋习根深蒂固,短时间内很难去改变。这期间,遭遇的困难和挫折真是说不完道不尽。"

宋瑞很清楚,以"中华孝心示范村"创建为抓手的传统文化教育,最终要落到扶贫工作上。

就这样,作为"美丽息县·清洁乡村"工作负责人的余金霞,为了打造弯柳树村这个"样板村",经常进村调研,与宋瑞多次交流、讨论,有时候还住在村里,与宋瑞一起开展工作。两个优秀"播火者"的思想不断碰撞、融合,迸发出不同凡响的智慧火花。

由此,弯柳树村拉开了传统文化教育的大幕。这场改变人心的行动,犹如一阵"春风",拂去了村民们心上的蒙尘。又如一剂良药,为村民久"病"的心,注入了"救心丸""强心剂"。

2

2013年4月上旬,宋瑞与弯柳树村两委班子成员赴山东省滕州市张汪镇大宗村和章丘市官庄镇吴家村考察学习。回村后,宋瑞便发动了一场垃圾"清剿"战。

在弯柳树村人的记忆里,村里清理垃圾已是很久以前的事情了,10年前? 20年前? 30年前? 甚至更长时间,谁也说不清。而塑料袋这种白色污染何时在村里成害,更没有人能说清了。

人间四月天,芳菲正浓时。本应花香怡人的弯柳树村,却臭气熏人。

宋瑞带领村干部开始沿村街察看—— 目及之处真是不堪入目:房前屋后、坑塘路沟、街道两边,处处都是垃圾;塑料袋、破衣烂衫、旧鞋破帽、煤渣煤灰、剩饭烂菜,应有尽有,真是"没有看不到的,只有想不到的"。风一吹,沙尘飞扬,五颜六色的塑料袋飘到空中,被树枝、电线拦住,呼呼作响,犹如万国国旗。倘若到户外走一遭,嘴里的沙粒,脸上的尘土,令人呼吸都不顺畅。而随着气温的升高,垃圾堆开始发酵,无以言表的气味在空气中弥漫,闻之令人恶心干呕。

不难想象,要把这样一个脏乱不堪的村子,变成全县的

"清洁乡村示范村"和"中华孝心示范村",将要经历何等的艰难。

2013 年 4 月 27 日,弯柳树村"清洁乡村"环境卫生清理工作全面展开,宋瑞提出的目标是:大干 20 天,全部完成清洁任务。

这时,弯柳树村迎来了中华孝心示范村工程组委会派驻的 6 名志愿者。宋瑞、余金霞为几位志愿者举办了简单的欢迎仪式,第二天就领着他们走村入户,与村民话家常、联络感情,动员村民打扫卫生。但任凭他们说破嘴皮,竟然没有一个村民参加打扫卫生。几位志愿者不再多说,他们知道,唯有用自己的实际行动才能感染、带动大家。

宋瑞与几位志愿者一起拿起清洁工具,走上街头清理垃圾。他们扫的扫,拾的拾,运的运,人人都满头大汗,浑身尘土。他们来到漂浮着垃圾的河边,直接下河捞起脏兮兮、黑乎乎、散发着浓重臭味的垃圾。

打扫街道时,宋瑞他们发现一个脏乱不堪的院子,一位志愿者走进去,对主人说:"大娘,我们帮您打扫一下院子吧?"

不料,女主人却不耐烦地说:"去去去,我们家不脏,也不需要活雷锋,我们自己整理好了。"说着,便把志愿者推了出去,随即关上大门。

像这样的村民比比皆是,他们对志愿者真诚热情的付出一点儿都不领情,反而还对他们冷嘲热讽。

宋瑞说："村民对志愿者的到来根本不理解，还骂他们，有的直接拿扫帚撵他们。我们每天跳到污泥沟里捞杂物，清扫垃圾。村民们该打麻将打麻将，该唠嗑唠嗑，没有感到一点儿过意不去。"

一天，宋瑞他们走进一户村民家，这里是麻将场，牌兴正酣，"啪啪"的摔牌声格外刺耳，还有十几个人围观。屋子里乱成一片，到处都是杂物，家具上落满了厚厚的灰尘。

余金霞很生气，就走上前说："你们看，志愿者和义工都在帮着咱们打扫卫生，你们怎么还在这里打麻将呢？"

对余金霞的质问，竟然没有一个人理睬。这些人好像什么都没听见似的，打麻将的继续打，围观者继续围观。

余金霞又加重语气用息县方言说了一遍，其中一个中年妇女抬起眼皮，拉长声调，慢悠悠地说："打扫什么啊，是不是上边领导要来检查，当官的怕影响自己的政绩啊？谁不知道这是走过场应付检查的，谁帮他们谁就是傻子！"

又有人说："你们就继续装样子吧，我倒要看看你们能坚持多少天。你们要是真有本事，那就给村里盖所学校、修条路试试，别只干这酸溜吧唧的事来糊弄我们。"

听了村民们的冷言冷语，余金霞并没有生气，她经常走基层，这种事遇见得多了。她与大家会了会眼神，默默地离开了。

余金霞对宋瑞说："咱们也不能全怪村民，这恰恰说明我们党员干部在工作过程中确实存在一些问题，是我们自己做得不够好。"

在打扫卫生的过程中，宋瑞受到村民们的冷眼更多，听到的风凉话车载斗量。但作为驻村干部，她不能因为工作有阻碍就停止不前。

后来，村里召开村民大会，有志愿者对村民承诺："咱们村谁要是主动参加打扫卫生的活动，我们就奖励他100元钱。"

话音刚落，人群中一片哗然。有几个村民心动了，想报名参加清洁队。

这时，人群中有人阴阳怪气地说："谁今天要是去跟他们打扫卫生，谁就是这个。"那人说着，高高举起右手，伸出小拇指，意思是谁去谁就是小人。

大家面面相觑，默不作声。

宋瑞他们动员了大半天，不仅没一个人响应，还有人唱反调，这怎不叫人寒心？

"我要报名参加清洁队！"人群中突然传出一个响亮的女声。循声望去，原来是村里公认的软心肠、病秧子赵秀英，她正举着手站在那里。赵秀英患上号称"不死的癌症"——肾病综合征十几年了，身体一向羸弱。

人群中一阵骚动，大家没有想到，赵秀英竟然会第一个报名。

"说你软心肠，就你心肠软。"有人语气中带着埋怨。

"你都不看看自己的熊样，能拿动扫帚不能？"

"你不就是想挣那100块钱嘛!"

你一言我一语,大家对赵秀英一阵嘲笑。

赵秀英不慌不忙地说:"这话憋在心里好久了,我今天一定得说出来。大伙儿摸摸自己的良心,人家志愿者都是从外地来的,宋书记、余部长也不是咱村的人,弯柳树村又不是人家的村子,又不是人家的家,他们都为我们村做了这么多好事,要是我们还继续站在那袖着手,不干倒也罢了,还说风凉话不让别人干,那就是不懂事理,做人不像话了!"

"好!赵大姐说得有道理,我也报名参加!"说话的是邓学芳。

就这样,一个,两个,三个……渐渐地,报名参加清洁队的人越来越多。

七十多岁的陈文明被感动了,他穿上连体皮衣,直接跳到水塘里,把垃圾一点点地捞上来,一干就是大半天,累得中午连饭都吃不下。

陈文明还用自家的拖拉机来清运垃圾,一天来来回回不下20多车。

没几天,村里的风言风语少了,一部分观望的村民也行动起来,加入清洁队伍中。村里小卖部的老板主动掏钱,平整了一块水泥地,供大家休闲娱乐使用。

后来,连小孩子、残疾人都积极投入清扫垃圾的活动中。

清理垃圾的过程中,宋瑞他们又遇到一个大难题——这些垃圾如何处理?运到哪里?请示县里后,县公共事业部借了一辆大型垃圾清运车,专门来清运弯柳树村的垃圾,他们把这些垃圾拉到县里的垃圾中转站进行处理。

弯柳树村的垃圾,运走用了整整 3 天,拉了 100 多车。

清理垃圾的任务终于完成了。当宋瑞按照承诺向参加清洁队的村民发放补贴费的时候,没有一个人去领。不知不觉中,村民们的觉悟提高了。

3

晴天一身灰,雨天两脚泥。这是数千年来众多农村的真实写照。2004 年 1 月,国家开始实施包括公路、电力、生活和饮用水、电话网、有线电视网、互联网等在内的"村村通"系统工程,从此水泥路延伸到了乡村的大街小巷。

而此时的弯柳树村,14 个自然村还没有一米水泥路,土路凸凹不平,晴天尘土飞扬,雨雪天泥泞不堪,泥粘在鞋上甩都甩不掉,村民们根本出不了门。村街修成水泥路,成为村民们最迫切的愿望。

宋瑞从入村就开始为弯柳树村的修路奔波,从乡里到县里,从市里到省里,她记不清跑了多少趟。河南调查总队的领导非常赞同宋瑞修路的想法,并积极与涉农扶贫部门协调,征得了省、市、县有关部门的支持。

2013 年 6 月,河南调查总队、息县扶贫办、息县财政局等单位联合开发,争取项目扶贫资金 66 万元,对弯柳树村息正路至冯庄、许庄及新农村小区的 2.1 公里主干道进行硬化改造。消息传到村里，大家奔走相告，像过节一样高兴——长期困扰村民们的出行问题终于要解决了。这件事，让宋瑞赢得了村民们的进一步信任，他们彻底相信政府派来的这个扶贫干部不是来"摆花架子"镀金的，而是真心帮助老百姓做事的。

清洁卫生、修路、寻找致富项目，在千头万绪的扶贫工作中，道德讲堂的筹建也在同时推进。

宋瑞这些年在传统文化的活动中结识了不少爱心企业家。这些企业家和宋瑞一样，热心传统文化的传播与公益事业。宋瑞联系了一些爱心企业家，他们被宋瑞的真情打动，慷慨解囊，很快就筹到了 30 万元的资金。

在完成垃圾清理工作之后，道德讲堂开始施工。2014 年 5 月，一座容纳 200 多人的"礼堂"落成。

从施工到建成，宋瑞几乎天天都守在工地。这座简单得不能再简单的礼堂，在宋瑞心目中可是一座圣殿，它将以文化引领和道德育人，开启村民的心智，引导村民学习"孝、悌、忠、信、礼、义、廉、耻"，改善村风民风，为引进扶贫产业插上翅膀，让弯柳树村实现经济腾飞。

宋瑞说："道德讲堂将成为弯柳树村希望的田野，成为梦想的摇篮，成为乡亲们精神的栖息地，为乡亲们改造自然、改变命运指明方向，注入无穷的动力。"

这是息县的第一个村级道德讲堂，具有开创与示范意义。

乡亲们却不这么认为。最初他们对这座宽敞的房子有着各种各样的猜疑和稀奇古怪的看法——有的觉得它和教堂差不多，就是聚会的场所。有人认为是会堂，就是开大会的地方。也有人认为它是个"形象工程"，专门给上面来的领导看的。还有人根据"道德"这两个字想当然地认为它是专门用来教训人的地方。甚至还有人觉得花30万元盖这么一座房子，还不如把钱分给大家。而大部分村民觉得，这和自己没多大关系。

2013年11月，天寒地冻。北风狂撕乱抓，干枯的树枝"哗啦哗啦"地响，电线发出抑扬顿挫的"呼哨"声。已是深夜，弯柳树村村部，银白的荧光灯依然亮着。宋瑞、余金霞、志愿者们和村两委干部还在开会讨论——虽然道德讲堂建成需要几个月的时间，但他们已经在为"道德讲堂"制定具体的工作流程及方案了。

根据"中华孝心示范村"创建标准，宋瑞梳理出了弯柳树村道德讲堂第一阶段的工作思路：即围绕"普及道德理念、讲述道德故事、弘扬道德精神、展示道德力量"的主题，以社会公德、职业道德、家庭美德、个人品德为主线，以学习孝道、礼仪、诚信、友善为核心，以"身边的人讲身边的事，身边的人讲自己的事"等方式，达到"身边的人教育身边的人"之目的，通过讲孝道、树孝风、订孝制、评孝子，唤醒人心，改变民风，引导广大群众见贤思齐，讲道德、做好人，实现"知行合一"。

当然，这个方案只是一个基本的框架，确定了目标方向和主要内容。更为具体的细则，需要在实践中不断修改和完善。

流程、方案有了,宋瑞决定在道德讲堂建成前先找一个临时场所上课。然而,意想不到的问题又出现了——村民们根本不愿意听课,他们觉得这很好笑,上什么课?这不是没事找事嘛!

　　宋瑞、余金霞与志愿者们挨家挨户去动员。有些村民以没空等理由拒绝,有的则丢下一通风凉话——

　　"谁整天有那么多闲工夫,有听课的工夫还不如摸两圈麻将呢。"

　　"我们都这么大年龄了,快死的人了还听啥课?听课能抵吃还是抵穿?"

　　"这肯定又是当官的为了自己升官做样子,拉着咱去给他们捧场。"

　　…………

　　他们并不理会这些流言蜚语,更没有气馁,继续做村民们的思想工作。可任凭他们再晓之以理、动之以情,村民就是不去听课,甚至有人还产生了严重的抵触情绪,唱起了反调,故意与宋瑞他们对着干。

　　宋瑞与余金霞交换了意见,这种情况既出乎她们的意料,也在意料之中。如果事事都开展得很顺利,弯柳树村就不会是现在这种贫困、混乱局面了。说到底,宋瑞这次驻村不仅要扶贫,还要"治疗"村里的"顽疾",扶起村民的心志。

　　为了寻求突破口,宋瑞、余金霞物色了几个能够起到潜移默化作用的村民。只要能动员他们来听课,就一定会有更多的人加入。对此,她们深信不疑。

这其中就有许兰珍和杜继英。许兰珍六十多岁,性格开朗、富有同情心。她看宋瑞一个人从省城来到农村,很不容易。她怕宋瑞害怕、寂寞,就去她的住处陪她说话聊天,慢慢地两人就熟络起来。杜继英与宋瑞的住处相邻,经常低头不见抬头见,杜继英觉得宋瑞不仅有文化,对人也好,没有一点儿干部的做派。只要没事,她几乎每天晚上都去宋瑞那儿唠嗑。宋瑞对许兰珍和杜继英的印象也不错,晚上空闲时经常主动找她俩聊天。

每当许兰珍和杜继英来到宋瑞的住处,宋瑞都会把水果、瓜子和茶水递到她们的面前。一回生,两回熟,渐渐地她们就无话不谈了。宋瑞给她们讲自己的故事,讲有关孝亲的故事。而她俩也毫无保留地给宋瑞讲家里的事。从宋瑞嘴里,她们听到了半辈子都没听说过的故事,觉得宋瑞懂得太多了,见识又广,打心眼里愿意和宋瑞在一起。尤其是遇到不顺心的事,宋瑞总能三言两语解开她们的心结。

2013 年 11 月的一天,弯柳树村小学一间闲置的教室里,宋瑞启动了道德讲堂的第一次讲座:《学习弟子规,共享幸福人生》。

为何要从《弟子规》开始学习?宋瑞说,习近平总书记曾号召大家学习《弟子规》。这部儒家经典已流传 300 多年,已成为全国小学德行教育的启蒙读物,其核心思想是"孝、悌、忠、信、礼、义、廉、耻"做人之八德,适合任何年龄阶段的人学习认知。尤其是对那些没有受过教育和受教育程度极低的人，在世界观、人生观、价值观等方面具有启蒙意义。

对于这次开课，宋瑞做好了没人来听课的思想准备。虽然事先许兰珍和杜继英都答应来听课，但也保不准她们临时变卦不来了。出乎意料的是，除了许兰珍和杜继英，还来了一个人。她叫李红，三十多岁，经常与许兰珍一块儿打牌。

尽管只有三个人，但宋瑞依然充满热情地开讲了。在她眼中，这三个人将会成为弯柳树村传统文化的"火种"，在未来的教育活动中发挥"燎原"作用。

开讲前，宋瑞先给她们讲了弯柳树村村名的典故："咱们弯柳树村，以前不叫弯柳树村，而是叫竖斧村。那么，为啥会叫竖斧村呢？这其中流传着一个传说，大家有没有听说过？"

三人面面相觑，都很纳闷——在这个村子里生活了几十年，还是第一次听说。好奇心促使她们更加认真地听宋瑞讲述。

宋瑞娓娓地讲述了"竖斧春耕"的典故。

宋瑞说："这虽然是一个传说，但这说明我们弯柳树村祖祖辈辈，因为勤劳耕作才过上了幸福美满的生活。"

三人听了都很震撼，她们从来不知道自己的村子竟然还有这么一个骄人的传说，惭愧不已，觉得自己给祖先脸上抹黑了，以后得向祖先学习，勤劳致富，过上好日子，真正对得起"竖斧村"这个名字。

接着，宋瑞又讲了一个关于"孝"的故事：以前有户木匠，家里挺富裕，可是，儿子和儿媳对父亲很不孝顺。有一天，儿子专门给父亲做了个木碗，让父亲去讨饭。木匠五岁的儿子看见了，就让爸爸再做两个同样的木碗。木匠不解，问孩子要两个木碗干什么。小男孩天真地说："等你和娘老了，我也给你们一人一个木碗去讨饭啊。"木匠夫妻听了，顿时醒悟，从此对父亲非常孝顺。

宋瑞动情地说："乌鸦有反哺之孝，羊有跪乳之恩，人更要尽孝。"

宋瑞还讲了山东枣庄田世国"捐肾救母"的故事。田世国不仅被评为山东省首届十大孝子，还荣获2004年度"感动中国"十大人物，并以他的故事改编成电视剧《温暖》在中央电视台热播，一时间成为全国人民学习的榜样。

…………

宋瑞学过心理学，是国家二级心理咨询师，不光自己做过多次传统文化演讲，还曾组织过多次传统文化活动，搜集了大量的孝道资料与孝子故事。她讲起故事来，绘声绘色，引人入胜，她们一下子就被她吸引住了，听得津津有味。

就这样，宋瑞用通俗浅显的语言，结合自己的亲身经历和所见所闻、所想所悟，为她们耐心细致地讲解传统文化，用经典的文化思想，加上现代社会的价值认知，讲述了父母与孩子之间的相处之道，以及在家、出外、待人、接物应该恪守的守则规范。

宋瑞的讲述，情真意切，没有一丝高高在上的意味。她的姿态平易和蔼，就像是与家人坐在一起拉家常一样温馨，她将传统文化的大道理，转化为浅显易懂的故事，如绵绵细雨般洒落在村民们久旱的心田。

4

无论如何，总算开课了。这是值得欣慰的事。宋瑞已经为村民准备好了一系列学习内容。

在传统文化造诣上，宋瑞也算得上大家，经常被邀请赴全国各地演讲，曾创造过一次巡回讲座连续十几场的纪录，而且场场爆满，听众均在数百人乃至上千人。而如今，宋瑞在弯柳树村，却不被村民理解，备受冷落，"扶心"的开头举步维艰。

几位志愿者有些失落，有人无奈地说："听课的人实在太少了。"

宋瑞却笑了，安慰他们说："人少没关系，咱们慢慢来，只要有一个人来听课，我们的讲座就会一直办下去。但我敢肯定，这样的现象只是暂时的，我们要相信传统文化的力量，相信孝道的魅力。总有一天，听课的人会多起来的。"

宋瑞的执着，源于对传统文化的信心。她很清楚，每个人心里都有一份向善的力量，缺少的是适时的引导。道德讲堂，就是通过演讲把一颗颗真善美的种子播撒在每个人的心里，然后静等花开，细嗅芬芳。

看到志愿者们的情绪如此低落,余金霞说:"我倒是有个想法,为了鼓励更多的村民积极听课,不妨采取一些鼓励措施,比如,今天你来听课了,就给你发包洗衣粉、洗脸盆、卫生纸什么的,到时候再给评个好村民,戴大红花进行表彰,以这样的方式来引导,想必效果要好些。"

大家都觉得这是个好办法,决定试一试。刚开始,很多人不相信,但当他们看到来听课的人真的领到奖品后,便不再怀疑。渐渐地,听课的人越来越多了。

而没有来听课的村民,也开始好奇地打听讲的啥内容,讲得怎么样。观望的村民看到那些听课的村民有了很大的变化,说话都不一样了,觉得宋瑞他们不像是在做样子走过场,而是在实实在在地做事。于是,更多的人怀着好奇心走进了道德讲堂。

以前,像许兰珍、杜继英、李红这样的妇女,农忙时既要种田又要操持家务,农闲时就相约一起打麻将,不要说看书报,就是电视也很少看。对于那些孝亲故事,她们也仅仅是听说点只言片语,从来没有人这么清楚地给她们讲过。

一堂堂课讲下来,村民们表面上没有感觉到什么,但这些孝亲故事,却在不经意间走进了他们的心里。

经过一段时间的摸索,道德讲堂逐渐形成了固定的流程:每一次讲座开始前,先学唱爱国、爱家的歌曲,比如《歌唱祖国》《孝和中国》《婆婆也是妈》《游子吟》《跪羊图》等。接着诵读《弟子规》《孝经》《大学》《论语》《治家格言》等经典。然后观看传统文化经典视频,村民分享例行德孝感悟,讲述发生在自己身边的故事,同时也会邀请一些传统文化方面的老师来授课。

在例行德孝方面,除了诵读《中国新二十四孝行动标准》《我为父母尽孝例行守则》外,还会在母亲节、国庆节、中秋节等节假日举办以德孝为主题的感恩活动,开展"十大孝子"、好媳妇、好婆婆、好村民等例行德孝评比活动。这些活动,犹如一缕缕春风,不经意间吹醒了潜藏在村民内心深处的那一颗颗向善的种子。

宋瑞还专门安排村民轮流服务道德讲堂,包括发放学习流程、每期课程签到点名等。而针对户主、老人、妇女、少年儿童等不同对象,道德讲堂也设置了不同的课程内容。

2014年初,河南调查总队为弯柳树村捐赠了扩音机、大喇叭。从此,广播成了传统文化教育活动的有效工具,每天除了循环播放孝德歌,还会播报村里的"时事新闻"——哪个村民的名字出现在广播里,就会惹来大家羡慕的目光。不知不觉中,人们的认识在悄悄地变化着。

除此之外,村里家家户户张贴"弟子规""孝悌忠信礼义廉耻""德孝守则"等宣传画,通过村里的 LED 屏幕播放德孝讲座(价格不菲的 LED 设备是余金霞发动爱心企业家捐助的)。

与此同时,村里房前屋后、道路两边都张贴着德孝名言警句、宣传标语和孝子事迹,并专门在一条街道上建起了德孝文化长廊。

整个村子里里外外焕然一新，充满了勃勃生机。尤其是村民的精神风貌，人人脸上笑容绽放，意气风发。

慢慢地，道德讲堂传播的思想文化，成了村民们公认的"天理、良知、人心"的化身，被作为评判是非对错的标准，村里形成了"存好心、说好话、行好事、做好人"的环境氛围。而之前长期存在的亲人之间、邻里之间的矛盾纠纷，也被传统文化的"暖风"一点一点地融化了。

道德讲堂因材施教，根据村民的需要，每周都会开设不同内容的课程，由浅入深，循序渐进，陆续讲解"媳妇道""婆婆道""丈夫道""儿女道"等做人之道，进行社会公德、家庭美德、个人品德的教育。

专业老师讲解的《孝经》《大学》《论语》等经典，《圣贤教育，改变命运》《孝行天下》《中华二十四孝故事》等影像教材，还有针对性的丈夫版、妻子版、公婆版、少年版等儒学文化课程，在村民心中发生了"化学反应"，激发他们争做学习型、创业型、有道德、有文化的新型农民。

宋瑞是道德讲堂的主讲。忙起来，一天都顾不上喝水，嗓子沙哑着依然坚持讲课。因为长时间的超负荷工作，每隔几个月，她就会病一次，只有吃药休息几天才能缓过劲来。而郑州的家，真成了她的"旅店"，总是趁着回单位汇报工作或到省扶贫办开会才顺路回家看看，很多时候又急匆匆地离开，女儿想跟她一起吃顿饭都不容易。忙碌之余，宋瑞也不会忘记给自己"充电",每天晚上她都坚持学习到深夜。她说,只有自己学透学精了,才能给乡亲们讲清楚。

与宋瑞并肩作战的余金霞,在弯柳树村启动道德讲堂之后便开始常驻村里,不仅给大家讲课,还和村民打成一片,共同学习交流。余金霞的丈夫是位画家,沉溺于艺术之中,平时根本就不过问家事,更顾不上操持家务。自从余金霞把铺盖卷搬进弯柳树村,孩子、家务等一应琐事全都扔给了丈夫,因此丈夫不乐意地说:"看你这部长当的,怎么越来越像村主任了。"

余金霞只能安慰丈夫,嘱咐他照顾好孩子,而自己继续坚守在村里。她清楚,传统文化能否在弯柳树村开花结果,"中华孝心示范村"能否创建成功,关系着全县的精神文明建设,这个试点只能成功,没有退路。

群众的眼睛是雪亮的,村里条件这么差,省里派的干部和县里派的干部都住在村里,与大家一起吃饭,一起劳动,而且还能坚持这么长时间,原有的对立情绪渐渐地消散了。人心都是肉长的,相处久了,村民们与驻村干部、志愿者产生了亲人般的感情,从心里慢慢接受了他们。村干部也被潜移默化地影响着,不断反思自己,不知不觉中工作作风也硬朗起来,有了很大提升。

5

2014年,二十四节气中的雨水刚过,"东风解冻,冰雪皆散而为水,化而为雨",气温逐渐回暖,万物开始萌动,春天就要到来了。2月22日一大早,宋瑞、余金霞带着弯柳树村村两委班子成员就出发了,他们要到南阳市内乡县王店镇雷沟村参加"美丽中国,孝在乡村"文化论坛暨云坡山孝道文化广场启动仪式,学习、感受如何用孝道文化引领村民过上幸福和谐生活。

2月24日下午,中共中央政治局就培育和弘扬社会主义核心价值观、弘扬中华传统美德进行第十三次集体学习。中共中央总书记习近平在主持学习时强调,培育和弘扬社会主义核心价值观必须立足中华优秀传统文化。

消息传来,宋瑞兴奋得夜不能寐——这对她在弯柳树村推广传统文化来说,就是指路的"明灯",也是"尚方宝剑"。

宋瑞在南阳工作期间,就一直大力推广传统文化。2010年9月6日,宋瑞在郑州听了传统文化的报告,她开始思考:南阳市有1000多万人口,这次承办全国农运会,怎样才能在来自全国各地的宾客面前,把南阳的精神风貌和文明程度展示出来?她觉得,进行传统文化教育是一项很必要的举措。此刻,她脑海里闪现出一个"迎'农运',树新风,弘扬优秀传统文化,做有道德的南阳人"的课题。

如果不把这个课题报告拉到自己的家乡,就有愧于家乡父老。宋瑞这样想着,就立即给中央党校教授任登第写了一封信,邀请报告团到南阳市讲课。任登第教授收到信后,很快回复:"你可以先给筹委会和报告团的带队领导分别写封信,告知你的想法。"

宋瑞遂按照任登第教授的要求给筹委会和报告团的带队领导一一写信,以恳切的态度和饱含热情的言辞,代表南阳市卧龙区真诚地发出了邀请。

无独有偶,在郑州听传统文化报告的那天晚上,有人邀请宋瑞吃饭。宋瑞去了之后才知道,原来是郑州的一个企业家,非常热衷于传统文化的传播,他自己有团队,这次找宋瑞就是和她商量,如何去讲这个课,想和宋瑞一起把这件事做好。

趁热打铁,两天后,宋瑞回到南阳,就着力筹备这场讲座。一些企业家闻讯积极捐款,不到三天时间,就收到捐款35万元,解决了经费问题。

3天的讲座,场场爆满。报告厅里,不时响起阵阵掌声。这场传统文化盛宴,迅速在南阳引发一场大"地震",人们被传统文化的魅力打动。第一天的讲座结束后,会务组就接到市委、市政府领导的电话:"这个讲座真是太好了!社会太需要这种道德教育了。尤其是对我们将要举办全国农运会,这对全市市民整体素质的提升,对大家思想道德水平的提升,真是一件大好的事。听了第一天的课,大家都可放心了!"

宋瑞颇感欣慰,心里洋溢着满满的幸福与快乐。是啊,尽自己所能让更多人感受到传统文化的魅力，让更多人的心灵与精神受到传统文化的浸润，自己也就满足了。一想到这，宋瑞感到连日奔波带来的劳累瞬间便烟消云散了。

第二天晚上，宋瑞安排好明天会议的事务，刚坐下来喘口气，就接到了一个义工的电话："宋区长您好，有个事向您汇报一下，明天有个人要求上台发言。"

"这可不敢随便上台发言。"宋瑞想都没想，一点儿也不含糊。这样的论坛影响很大，怎么能随便让人发言呢。

义工说："这个人态度非常坚定，说明天无论如何他一定要上台发言，别人都劝不下。"

宋瑞一听，有些着急。对于这场传统文化论坛，她心里清楚，但有些领导心里不清楚——他们不确定论坛会产生怎样的效果。本来举办这次论坛，大家就冒了很大的风险，这半路上杀出个"程咬金"，出了问题就得不偿失了。

宋瑞心里一阵紧张，再次强调："这可不敢，可不敢再出什么岔子。"

第二天，宋瑞早早赶到报告厅，见到了要上台发言的那个人。这个人穿着一身脏兮兮的旧运动服，拄着双拐。他一见到宋瑞，就一瘸一拐地走过来。宋瑞赶紧找了凳子让他坐下。

宋瑞亲切地问道："老人家，听说您想上台发言，您想讲啥呢？"

谁知，老人家还没开口说话，先抹起眼泪来。他说："我叫张广印，是淅川县九重镇人。这些年我一直在上访，要告镇政府,现在呢,我不想告了。"

宋瑞的心颤动了一下,问道:"为啥不告了？"

张广印顿了一下,感慨地说:"我在这里听了两天的课,想了想,原来不是镇政府错了,而是我错了。唉,我这三十八年就纠结在这件事上,我告的最初是公社,后来变成了乡政府,现在是镇政府,你看我这大半辈子,由于上访告状,我连媳妇都没有娶上,还落下一身病。这次呢,我上台说说,就是想告诉乡亲们,以后不要再随便上访了,不要动不动就告政府。"

宋瑞这才放下心来,把老人安顿好,马上给淅川县的领导打电话。宋瑞说,你们那有个上访户来南阳听课,坚持要上台发言。

淅川县的领导一听,紧张得不得了,赶紧跑了过来。

原来,张广印本来是想坐车到郑州火车站,然后转车去北京上访。他在淅川火车站等车的时候,遇见了一个驻马店人,正好要来南阳听课。两人就聊了起来。在得知张广印要去北京上访时,这人就问他:"你要不要跟我去南阳听课,只有三天时间。你要去的话,我帮你买票。要是听完这三天的课,如果你还想去北京上访,我再给你买去北京的火车票,你看咋样？"

张广印一听,也很纳闷。他觉得自己遇上了好心人。于是,就答应一起来南阳听课了。张广印不仅仅是听了这三天的课才被感动了,其实,他在淅川火车站时就被那个驻马店人感动了。

后来，张广印劝说人们不要上访的视频，迅速在网上流传开了。

来南阳听课的，还有一对父女。女儿正上初中，但因为各种原因已经自杀过三次了。这位父亲听说南阳要办这个论坛，就马上到学校给女儿请了假，一起坐火车到了南阳。他一进会场，就被现场的气氛感染，二话不说，直接做起了义工。

刚开始，女儿整天板着脸，跟谁都不说话，看着就跟木头人一样。听了三天课后，女儿的情绪渐渐有了转变，和周围的人开始说话，脸上也露出了难得的笑容。回到家后，女儿和他也不像以前那样对立了，还有了交流，再也没有出现过自杀的情况。

这样的效果完全出乎宋瑞的意料，也出乎大家的意料。这让宋瑞兴奋不已。是啊，面对社会浮躁、道德沦丧、价值观、人生观、世界观被扭曲的现实，传统文化道德教育，无疑是人们渴望已久的及时春雨。

自此，宋瑞更加坚定了学习传统文化的决心和信心。她深信，传统道德的魅力是一种无形的力量，一定能拯救更多的人和家庭，并决定努力做一名传统文化教育的倡导者、传播者、践行者。

雷沟村，是宋瑞之前打造的一个孝道文化试点。而该村之所以能在孝道文化教育方面取得显著成效，与跟随宋瑞走上传播传统文化之路的青年志愿者——薛立峰有关。

宋瑞挂职任卧龙区副区长期间，被抽调到全国第七届农民运动会筹委会，任市场开发部副部长。全国农运会是南阳市前所未有的大事，宋瑞作为市场开发部的负责人之一，全力以赴为农运会寻求合作伙伴，她不想错过任何有可能支持这次南阳农运会的合作伙伴。她像春天的花朵，赶趁般追随着一个个活动，以全国农运会为载体宣传南阳，绽放自己的真诚与热情。她推介的宣传语是：南阳这届全国农运会应成为根对叶的呼唤，叶对根的回报，成为全国大中企业反哺"三农"，全球华人华商寻根问祖、回望乡村、感恩社会的一次盛典。

　　宋瑞与薛立峰就是在杭州的一次文化活动中认识的。薛立峰是雷沟村人，父母双亡，因家庭贫困辍学，当时正"漂"在北京做歌手。宋瑞看薛立峰年轻热情，又了解了他的情况，就想引导他为传统文化做些工作。薛立峰感觉到了宋瑞的善良与真诚，毫不犹豫地跟着她干起来。后来，薛立峰不但成为一位传统文化的传播者、践行者和志愿者——他加入了在京志愿者行列，多次参加大型公益活动，救助百余名贫困学生重返课堂，受到团中央领导的接见，先后被授予"首都杰出志愿者贡献奖"、中国爱心工程委员会"爱心大使"、第七届全国农运会"南阳之子"、大河报"情动河南"十大新闻人物等荣誉称号，被人们称作"北京丛飞"。他还牵线搭桥在南阳市捐建希望小学，在内乡举办首届中华商圣范蠡文化论坛等活动，并与宋瑞一道在他的家乡雷沟村推行孝道文化。

　　这次南阳传统文化论坛，就是薛立峰组织的。而云坡山孝道文化广场，则是他捐款修建的。三十三岁的游子薛立峰，已经开始为家乡做贡献了。

从雷沟村回来后，宋瑞与余金霞达成了一个共识：无论是传统文化教育，还是扶贫，都需要资金，全靠政府和单位，不仅程序繁复，而且很多时候也是心有余而力不足。尤其在小额资金方面，伸手向政府和单位要也是不现实的。于是，她们商量后向村两委提出倡议：设立弯柳树村德孝基金，并于2014年3月8日经村民代表大会表决通过。

弯柳树村德孝基金的来源，一是弯柳树村村民及本村在外创业游子的捐款，二是社会爱心企业和爱心人士的捐款。其原则是取之于民，用之于民，主要用于村里每月初一、十五的饺子宴，资助生病及孤寡、五保老人、六十岁以上老人体检、老人外出旅游、清洁乡村以及举办各种文娱活动等。

2014年4月27日，弯柳树村孝爱基金会成立，选举产生了会长、副会长、秘书长等基金会领导。同时，通过公开选举推出20名热心村民，组成了弯柳树村孝爱基金监事会，专门负责基金的收支、使用和公布。老支书陈文明被推选为基金会的监事长。

宋瑞、余金霞带头各捐款1000元，其他驻村干部、志愿者也都踊跃捐款，部分村民也50元、100元的积极捐款。当天，就筹集了一万多元的启动资金。接下来，企业家、县领导、志愿者纷纷捐款，在很短的时间内，基金总额就突破了20万元。

无疑，德孝基金的设立，为弯柳树村德孝教育及传统文化的推广提供了基本的经济来源和保障。

德孝基金运行后，宋瑞、余金霞做的第一件事就是组织村里老人旅游。让哪些老人外出呢？她们合计了一下，首先在村里开展家庭卫生评比，排名前20名的家庭，作为奖励，这家的老人将获得外出旅游的资格。

卫生评比当天，村里像过年一样热闹，村小学的老师带着五年级和六年级的孩子，挨家挨户地打分，根据分数排出名次，还为前20名家庭颁发了流动红旗。

就要外出旅游了，这可把没出过远门的老人们激动得不轻，个个像孩子一样掩饰不住内心的兴奋，脸上满是笑容与自豪。出发那天，凌晨两三点，他们就纷纷起床洗漱做准备。

弯柳树村的名声渐渐传开了。首届全国民营企业家孝道文化论坛——如此一场全国性的重大活动，就选在了弯柳树村举办。前来参加论坛的各界人士在参观弯柳树村后，都为这个小村庄大力推广孝道文化而感动，纷纷为孝爱基金会捐款。

宋瑞满怀信心地说："弯柳树村通过孝道文化改变了精神面貌，通过双手美化了家园。有了自强自助自立的志向，再有爱心企业家帮助出谋划策，一定会找到脱贫致富的路子。"

弯柳树村的变化，让息县县委领导兴奋而感动。为了助力弯柳树村的传统文化教育，县委决定在弯柳树村召开一次别开生面的常委会。

把县委常委会放在一个村里召开，在息县可是史无前例的事情。这对于弯柳树村来说就是一个"爆炸性"新闻。消息在村里迅速传开,村民们怎么也想不到,那些平时在电视里才能看到的县领导都要来咱村,大家可以见到"真人"了。

这件事对村民震动很大。村民们都明白,能让县领导对一个村关注和重视,肯定是村里的工作做得好。大家纷纷表示,谁都不能给村里丢脸抹黑。

2014 年 5 月 6 日,一个平常而又特别的日子。天气渐渐热起来,村子里到处飘荡着洋槐花的芳香,大片大片的小麦开始由碧绿转向青黄,树木经过春天的休整焕发出绿意的青春。

弯柳树村一派热闹景象。整个村庄,从里到外、从上到下都被打扫得干干净净,被装扮得如一个美丽的女子,美丽端庄,大方整洁。村民义工团一大早就忙碌起来,为道德讲堂摆桌凳、打扫卫生,把地面、桌凳擦得锃亮,简直能照出人影。

息县县委常委会的领导们来到弯柳树村,先进行了参观,街道两旁摆放着感动息县十大孝亲人物光荣事迹展板,宣传栏上张贴着"二十四孝""弟子规"等文图,充满着浓郁的传统文化氛围。尤其是村民们的精气神,他们彬彬有礼地向宾客问候,脸上洋溢着幸福的笑意——这在其他村是看不到的。

县委书记亲切地与村民们拉起家常,一位村民充满信心地说:"虽然我家现在孩子上学花销比较大,经济上还有点儿紧张。以前老是埋怨,没有干劲儿没有信心。自从扶贫工作队在村里开展德孝文化教育之后,我不怕了,党和政府帮助我们，我们自己靠双手劳动，脱贫致富的目标用不了多久就能实现。"

"是啊，德孝文化让我们明白，幸福生活是靠自己劳动得来的，不是等、靠、要得来的。现在贫穷我们不怕，只要我们好好干，就一定能致富。"另一位村民说。

…………

息县县委领导们还观看了弯柳树村德孝歌舞团自编自导的节目。简单的道具，朴实的表演，真挚的情感都饱含在演员的一颦一笑中，会场上不时响起阵阵掌声。

而令县委领导们印象最为深刻的还是村民的言谈举止，他们从中深深感受到了弯柳树村民风的变化，尤其是大家对未来美好生活的憧憬。

几个小时的现场感受，让县委领导们禁不住赞叹："村民的精神风貌变化太大了，这可不是一朝一夕就能改变的。"

常委会上，县委书记激动地说："现在我最大的感受就是，把常委会放在弯柳树村来开的决定是正确的。今天，弯柳树村村民给我们上了一堂生动的教育课。"

县委书记接着说道："文化有着穿越千古的强大生命力，承载起民族繁衍生息的脊梁，更能让人从中汲取奋然前进的力量。而弯柳树村，扶贫先扶志扶心。以德孝文化为切入点，深入开展社会主义价值观主题活动，挖掘农村传统道德教育资源，推进社会公德、职业道德、家庭美德、个人品德建设，让传统文化成为一种无形的力量，让这个原本落后的贫困村精神面貌发生了如此大的变化,这确实令我深感欣慰,这些也是值得我们深入思考的啊。"

"是啊,今天到弯柳树村一转,确实感受很多。在乡村大力推广传统文化,确实大有可为,不仅可以贴近民心,对全县的各项工作将会有大的推动。"

…………

县委领导们纷纷表达了自己的感受与想法。会议最后,县委书记提议为弯柳树村孝爱基金会捐款,每位常委都捐了款。

2014年5月8日上午,"为了母亲的微笑"乡村公益演唱会暨首届中国民营企业家孝道文化论坛启动仪式在弯柳树村拉开帷幕。

火红的5月,弯柳树村像"喷火"的石榴花一样红火,接连的喜事让人有点应接不暇,村民们心中产生了前所未有的自豪感。

6

弯柳树村变化最明显的无疑是环境卫生。

每天,天刚蒙蒙亮,整个村庄还在沉睡中,弯柳树村空旷的大街上就会有一对身影在晃动:男的拿着扫帚,扫扫停停,一会儿猫腰捡起个烟头,一会儿蹲下身去和黏在地上的口香糖"较劲儿";女的推着三轮车,拿着一把铁锨,不停地清理着路边角角落落里的垃圾。他们就是弯柳树村德孝义工团的义工陈道明、彭兰芳夫妇。

自从村里成立了德孝义工团,陈道明、彭兰芳就主动要求加入。

做义工,意味着在不计物质报酬的情况下,基于道义、信念、良知、同情心和责任,赔上自己的时间及精力,为村里提供免费服务,其核心精神就是自愿、利他、不计报酬。

与所有的义工团一样,弯柳树村德孝义工团也具有志愿性、无偿性、公益性、组织性等特征。

即使是这样,弯柳树村对义工团成员也是有要求的,比如孝敬父母,品格端正,热爱乡村,团结邻里,友爱兄弟,没有重大违法违纪行为。再比如,做事要有责任心,能够严格遵守义工团的各项规章制度,服从组织安排,不擅做主张。当然,还得愿意贡献自己的空余时间,奉献自己的精力、经验,不图物质报酬,而且要积极参与义工团工作,主动交流、讨论、学习等。

这些条件达不到,想加入德孝义工团是不行的。因此,在陈道明、彭兰芳夫妇看来,能够加入义工团,是无比荣耀的事情。

已过古稀之年的彭兰芳以前身体不好,患有"三高"、慢性肠胃炎、关节炎等疾病,打针吃药成了家常便饭。

彭兰芳是比较早进入道德讲堂听课的老人,自从接受传统文化教育后,她想开了、心放宽了,身体也渐渐好了起来。

已经20多年不干农活的她，居然能下地劳动了。

2014年5月初，地面刚泛出一点儿热气，弯柳树村村民就开始忙着插秧了。节气是无声的召集令，立夏前后插秧是弯柳树村千百年来的农时。田地里，干活的人愈来愈多，甚至十几岁的孩子也会被叫到田里。

彭兰芳在自家的责任田里插秧。因为她家的稻田靠着路边，来来往往的村民都能看见她。大家看见她像年轻人一样动作麻利，都很惊讶——这个病秧子怎么也能下田插秧了？

"哎呀，彭大姐，你也来插秧了，好多年都没见你下田干过活了，这么大年纪了，身子骨能吃得消吗？"有人打趣道。

彭兰芳直起身子，笑呵呵地说："现在可不是从前了，我这身体硬朗着呢。不光能在舞台上跳舞，还能下田插秧。"说着，她弯下腰就是一阵麻利的动作，水田里便多了一片秧苗。

而后她又叹口气说："全村人都知道我这老婆子天天打针吃药，人家是吃饭活命，我是靠吃药维持老命，天天窝在家里不能下地，如今可不一样喽！"

最初，彭兰芳去道德讲堂听课就是图个热闹——她整天有病待在家里闲着没事，也闷得慌，听大伙说道德讲堂里可热闹了，她就想着去转转。反正自己年龄大了，也不一定能听得懂，那就去凑凑热闹解解闷吧。

到了道德讲堂，确实热闹：几十号人聚在一起，有时候听宋瑞等老师讲课，有时候是本村的妇女在排练节目。大伙儿见彭兰芳来听课，知道她身体不太好，都对她特别照顾。

彭兰芳听了三四次课，就被迷住了。她说："这课讲得真好，来时候担心自己没文化，听不明白，没想到老师们讲的都是叫人学好的故事，甭说我七十多岁的老太婆，就连十来岁的伢子都能听明白呢。"

听了课，彭兰芳明白了，很多病都是由心魔造成的；心里不纠结，身心和谐了，身体就健康了，才能为家里干更多的事；凡事要想得开，要明理行善积德。意识到这一点后，彭兰芳开始忏悔自己以往的错误。渐渐地，她变得开朗起来。

身体好起来之后，彭兰芳感慨颇多，逢人就说："以前我每天的生活都很单调，要么吃饭，要么睡觉，是传统文化改变了我的人生，让我的身体越来越健康，越活越有劲儿。我能有今天，要感谢咱们村的道德讲堂，感谢咱们的宋书记。"

彭兰芳主动报名参加德孝义工团，可村干部认为她年龄大，身体又不好，担心她受不了，她着急地向村干部表态："别看我年龄有点儿大，但我也能为村里干点儿力所能及的活，就让我参加吧。"

当得知村里要成立老年舞蹈队时，彭兰芳又积极报名。之后，彭兰芳的生活变得有声有色，农闲时和老年人在一起说说唱唱，蹦蹦跳跳，精神别提多好了，脚步都变得轻盈起来。

老年舞蹈队每月都要在道德讲堂演出。刚开始，观众都是本村的人。后来，三里五村的人也过来看。彭兰芳成了老年舞蹈队的优秀演员。不久后，村里组建了德孝歌舞团，彭兰芳还随歌舞团去过新乡、南阳、郑州等地演出呢。

彭兰芳做梦都想不到,自己这把年纪了,一不小心竟然成了"明星",还上了电视,连在外面上学的孙子都知道了,这可是以前她想都不敢想的事儿。

彭兰芳以一颗虔诚的心,真实地面对自己的过去,告别了药罐,收获了别样的健康快乐人生。同时,她也用自己点点滴滴的行动,传承中华传统美德,积极投身义工活动,成为弯柳树村一个积极向上、乐于奉献、广赢好评的老人楷模。

陈道明是被妻子硬拉进道德讲堂的,从最初的不愿意去,到后来主动去听课,这其中的转变是不知不觉的。尤其是每周三节的名师讲座,陈道明是一节不落。

陈道明受到很大触动,他决定换种活法:跟随妻子加入德孝义工团,为村里的干净整洁奉献出自己的一分力量。从此,弯柳树村的大街上,总会有陈道明、彭兰芳清理垃圾的身影。

陈道明说:"没想到自己老了老了还能上学,还能明白以前从来没想过的道理。我这么一把老骨头,还能为村里出点儿力做点儿事情,也没枉活在这个地儿。"

有人问陈道明,你这么大年纪了,不在家享天伦之乐,干吗要去做义工?

他的回答很简单:"我现在还能干点儿活,对村里还有点儿用。每天能帮村子打扫卫生,我心里也踏实些。我们不只是为活着而活着,我要为更多人快乐地活着而活着。"

这哪儿是一个农民的思想境界,一个农民说的话?

陈道明的行为也感召着周围的人。村子里没有人再随意丢垃圾了,不管是老人还是孩子,都知道把垃圾丢到垃圾桶里。村里每周六的大扫除,捡拾垃圾、清理杂草、冲洗水沟,老人、孩子都会参与。

陈道明也有了自己的人生态度与格言——知足常乐。他发自肺腑的虔诚和默默的奉献让全村人感动,被评为好村民——颁奖词是:"为了村子每一条道路的整洁,无论是烈日当空,还是刮风下雨,总会出现他弯着腰清扫的身影。义工团就是他的第二个家,他用点点滴滴的实际行动,诠释着作为一个义工的责任。一位耄耋老人,一把扫帚,挥扫的是地面的垃圾,却绿化了每个村民的心田。他——就是陈道明老人。"

弯柳树村还制订了"村民卫生公约",村容整洁、村风文明成为常态化,每天,义工们会在固定时间义务打扫、维护村内卫生,运送垃圾,解决了垃圾随处扔的问题,创造了美丽整洁的家园环境。

村干部说:"学习传统文化之前,每年县里乡里来检查卫生,村委组织打扫,每人一天发80到100元的报酬还没有人愿意干。学习传统文化之后,不给一分钱大家都抢着干。人的思想一转变,村民们明事理了,讲道德了,守规矩了,懂得感恩了,绝大多数家庭也和睦幸福了。"

当清洁家园的积极分子披红戴花走上舞台的时候,那种自信,散发着满满的正能量,感染着弯柳树村的每一个人。

弯柳树村德孝义工团成员中,赵海军功不可没。他五六年如一日地为村里运送垃圾,开着一辆承载全村垃圾重任的四轮车穿梭于大街小巷。每天清晨,只要"嘟嘟"的车声传来,大家就知道是赵海军收垃圾来了。他的四轮车,成了村里一道靓丽的风景。

五十多岁的赵海军,因意外造成四根肋骨断裂,平时不能干重活,只能开开四轮车拉拉东西。但现在他不仅每天开着自家的四轮车运送垃圾,装车、卸车等活计他也抢着干。

从弯柳树村到路口乡垃圾处理站来回五六公里路,每天都要跑好几趟,耗油 12 升。特别是冬天,冻得手连方向盘都抓不稳。有一次,路上打滑,赵海军差点翻车,但他依然无怨无悔。

赵海军说:"为了全村 2000 多名老少爷们,我乐意做。"

如今的赵海军,已是弯柳树村德孝义工团副团长、义工团清洁乡村卫生部部长,被评为"十大好村民",作为弯柳树村优秀代表赴郑州、新乡参加联谊活动。

经常与彭兰芳一起打扫卫生的还有一位老人王天芳,她患有慢性肾炎,体质弱,从街西头走到街东头都很困难。通过传统文化学习,她认识到了自己身体不健康、夫妻不和睦、孩子不听话、家庭不顺等许多问题,都是因为自己——因为自己不明事理,经常抱怨,对谁都有怨气。她开始反思和忏悔,并积极参加了德孝义工团,开始由关注小家到关注大家,由利我到利他,由索取到付出,以自己的劳动付出服务全村人。

三年后,王天芳的病竟一点一点地消失了——这样的奇迹连她自己都不敢相信。

当我问王天芳有什么感想的时候,她居然说了一句文言文:"积善之家必有余庆,积不善之家必有余殃。"

"往年的弯柳树,垃圾堆成山。来了好领导,同吃同住一起干。不怕苦不怕累,不怕脏不怕怨,永远走在前,是我们好模范。今年的弯柳树,与往年不一般,绿树成荫水也蓝,日子比蜜甜,又学习又劳动,又唱歌又跳舞,遍地是歌声,到处是笑脸……"

一曲《弯柳树之歌》,道出了弯柳树村的变化。而弯柳树村环境越来越美丽的进程,记录的则是村民精神的觉醒、村风的逆转。

7

2014 年农历三月初一,是弯柳树村举办饺子宴的日子。对于年过七旬的杨春元两口子来说,这是一个重要的日子。

"吃饺子喽!"

"吃饺子喽!"

老人们脸上带着笑意,相互转告着。

这天早上,李光兰的早饭比以往提前了一个多小时。李光兰喝完最后一口粥,把碗筷一放,就对老伴杨春元说:"家里就不收拾了,我得赶紧去道德讲堂和面包饺子,不然到中午就耽误事了。"

李光兰去厨房拿了一长一短的两根擀面杖,以及几个大小不一的饺子盆,临走又吩咐老伴道:"你也赶紧去接村里的老人吧,路上慢点,注意安全。"说完,她一溜小跑着朝道德讲堂奔去。

杨春元喝完最后一口粥也匆忙出了门。他用抹布把院子里的三轮车仔仔细细擦了一遍,又搬了几个小凳子放在车里。他要赶在午饭前,把那些腿脚不利索的老人接到道德讲堂吃饺子。

杨春元和老伴李光兰都是德孝义工团的义工,从村里义工团成立到现在,老两口每月初一、十五都要为村里服务,雷打不动,风雨无阻。这似乎成了他们义不容辞的使命和不可推卸的责任。

道德讲堂里,几十张桌子次第排开,桌旁坐满了老人。这些老人都在六十五岁以上。他们的脸上布满了皱纹,而此时,在这些岁月的皱褶中,有幸福的喜悦。

他们围坐在桌子旁,像好久不见的亲人、多年不见的故友,激动、开心,有的拉着手嘘寒问暖,有的相对畅所欲言。

老、中、青三代"演员"在进行文艺表演。最初的老人艺术团如今吸收了年轻的"演员",改名为"德孝歌舞团"。"演员"们的歌舞把老人们带入艺术的氛围,他们看得津津有味。这场面、这气氛,怎不让老人们不开心、不兴奋?

杨春元老人说:"过去,过年也没这么热闹、隆重,更没有这么高兴过。现在,半月一次饺子宴,就像半月过一回节,半月过一回年。"

道德讲堂的德孝餐厅,就设在隔壁,村民骆同军的家里。30多名以中年妇女为主力、少数老年人打下手的包饺子队正在忙碌着:和面的、擀皮的、剁馅的、包馅的,风风火火,熟练而利索。

爷们儿也都没闲着,提水搬面、劈柴烧火、收拾餐具等,忙得不亦乐乎。

一时间,各种声音在农家小院里交汇,锅碗瓢盆碰撞的叮当声,擀面杖与面板轻触的哐哐声,刀剁在案板上的梆梆声,伴随着大家发自内心的欢笑声,仿佛一支抑扬顿挫、和谐幸福的交响乐。

时间过得真快,就在大家说说笑笑中,屋里屋外已经摆满了一盘一盘的饺子。厨房里,几口大锅中的水也被大火烧起了浪花。

"下饺子了,下饺子了……"随着欢快而洪亮的吆喝,一盘盘饺子倒入沸腾的锅里。一个个饱满的饺子像一条条鱼儿,在锅里来回翻滚旋转,跳着欢快的舞蹈。

饺子出锅了!

中午12点,饺子宴正式开席。老人们就像远道而来的贵宾,一排排地坐好,义工们把一碗碗热腾腾的饺子送到每位老人的面前。

原本热闹的道德讲堂,突然静默下来。老人们并没有着急去吃饺子,而是嗫嚅着双唇,嘴里默默地念叨着什么。

原来老人们是在默念感恩词,每天吃饭之前,接受传统文化教育的家庭都会由家中的长者领读感恩词。

这时,宋瑞健步走上讲台,充满激情地说道:"大叔大婶们好!非常欢迎你们能参加弯柳树村的饺子宴,希望各位老人家今天能吃好,玩好,心情好!下面,我们一起来诵读感恩词。"

于是,大家都自觉起立,跟着宋瑞朗声诵读餐前感恩词——

感恩天地滋养万物,感恩国家培养护佑,感恩党的英明领导,感恩父母养育之恩,感恩师长辛勤教导,感恩农夫辛勤劳作,感谢大家帮助支持,感恩一切付出的人,感恩食物给我们营养,让我们快乐地生活在感恩的世界里!

诵读感恩词的声音刚落,一位坐在轮椅上的老人又追加了一句:"感恩党给我们派来了宋书记!"

老人的声音虽然不大,却引起了大家的共鸣,大家齐声说:"感谢我们的宋书记!"

宋瑞摆摆手,有点儿不好意思地说:"大家可不能这么说,是党的政策好……"

老人们却说:"宋书记就是好!"

…………

老人们开心地吃着饺子,一张张洋溢着幸福的脸,记录着他们新的生活。

看着老人们孩子般的笑容,宋瑞眼眶里蓄满了泪水,感动、幸福在心底油然而生。她的努力终于有了结果。

宋瑞怎能忘记,去年重阳节慰问孤寡老人时,发现有些老人独自生活,常年没人照顾,很多时候连一日三餐都保障不了。

德为国之本,孝为德之根。只要紧紧抓住一个"孝"字,让老人们健康快乐,家家户户就会幸福和谐。宋瑞暗下决心,一定要让老人们过上好日子。

无论是发起"接老人回家"的活动倡议,还是开设道德讲堂,募集善款设立德孝基金,都是为了让孝道成为一种风气,打造孝道文化品牌。而在爱心人士的支持下,每逢农历初一、十五邀请全村六十五岁以上的老人聚在一起吃"饺子宴",成为弯柳树村体现孝道的窗口。

"没想到,一碗饺子,既温暖了老人心,彰显了孝心,凝聚了民心,也密切了党群、干群关系。可以说,饺子宴就是弯柳树村传统文化教育的抓手。"提起饺子宴,宋瑞很兴奋,"小小饺子宴,却彰显了大魅力,带来了大效应。尤其是在媒体的推动下,弯柳树村饺子宴现在成了一个文化品牌,吸引着全国各地的养老机构来参观考察,学习交流,每个月都有周边村乃至县城的老人来村里体验生活。"

为进一步激发群众内生动力,打好打赢脱贫攻坚战,息县在全县 99 个贫困村推广弯柳树村经验，展开了轰轰烈烈的"家庭孝心养老、社会善心敬老"活动，以弘扬孝文化为魂，以设立孝爱基金、成立孝善理事会为载体，实施每月一次的饺子宴，并将文艺表演、政策宣传、德孝教育融入其中，让每个家庭、每位老人都参与其中。

弯柳树村的经验推广非常顺利，短短两个月，全县有 215 个村先后举办饺子宴，共募集德孝基金 600 万元。

程书发是息县小茴店镇乌龙店村人，在外打拼多年，当他得知村里办起了饺子宴，非常感动，立即捐了 1.2 万元的爱心款。随后，程书发又投资 100 多万元，在村里办起了孝心工厂。他说："政府这么为老百姓着想，我们每个人也都应该以不同的方式为村里老人尽孝，为家乡建设出力。"

虽然已经过去了好几年，但余金霞回忆起当初办饺子宴时的情景依然很兴奋，她说："举办饺子宴有三个没想到，一是没想到老人的参与度这么高，二是没想到老百姓这么支持，三是没想到效果这么好。其中最大的效应就是干群关系融洽了，老百姓对政策的知晓度和对政府的满意度大大提高了。"

一位乡镇负责人参观弯柳树村后，感慨地说："现在群众生活好了，但彼此缺乏沟通，缺乏集体力量的引领。饺子宴恰恰搭建了这么一个平台，让传统的孝善美德回归家庭。而有些正常途径不易处理解决的矛盾，通过饺子宴却很好地得到及时化解。"

宋瑞深有体会地说:"'孝悌之至,通于神明,光于四海,无所不通。'饺子宴以'孝'这把'万能钥匙',开启了多把'锁',使当前农村面临的诸多问题找到了解决的新路径。尤其是在助力'脱贫攻坚'这场战役中,发挥了不可估量的基础作用。"

余金霞满怀诗意地说:"我们息县的饺子宴,是以孝心为馅,以民心为皮儿,以爱心为汤,会越来越香,充满了浓浓的人间真情。"

8

2014 年 8 月 28 日,河南省第一个"中华孝心示范村"——弯柳树村,经过几天的严格验收终于尘埃落定。以德孝传统文化"扶心扶志"的方略,实施不到一年时间,就使弯柳树村有了重大转变,焕发出勃勃生机。

这天,弯柳树村笼罩于一派祥和之中:伴随着悠扬的音乐,抑扬顿挫的诵读传统文化经典的声音带着极强的穿透力在村庄上空飘荡,让人听了如沐春风。村民们像过节一样身着盛装来到道德讲堂,还有一部分村民,在村口热情地迎接村外来的朋友。

道德讲堂的大门上,早已拉起"中华孝心示范村授牌仪式暨中国民营企业家孝道文化论坛"的红色条幅。

8 点刚过,一辆辆小轿车相继进村,村里的空地上停满了车——弯柳树村何曾有过这样的阵式,这样的热闹。好奇的孩子们则有点儿目不暇接,有的饶有兴趣地研究起车标,有的乐此不疲地数起了车辆。

10点整,授牌仪式正式开始。

中华人民共和国民政部中益老龄事业发展中心副理事长宋忠义等人士为弯柳树村颁发了"中华孝心示范村"的牌子。来自全国各地的百余位爱心企业家与弯柳树村民代表共同见证了这一振奋人心的时刻。

仪式上,村两委还为10位被评选为"感动弯柳树村十大爱心企业家"颁发了"荣誉村民"证书。

宋瑞走上台的那一刻,乡亲们使劲地鼓掌,嘴里大喊着"宋书记我爱你",声浪一阵高过一阵,他们从心底感谢她。宋瑞的眼圈红了,声音哽咽了。她为乡亲们的"蜕变"而激动,为乡亲们对她的认可而欣慰。

余金霞上台讲话了,乡亲们同样报以热烈的掌声,"余部长我爱你"的喊声使余金霞的讲话中断了好几次——泪水迷蒙了她的眼睛,情绪激动得说不出话来。

仪式结束后,是为期3天的中国民营企业家孝道文化论坛。企业家们与村民同吃同住,还进行了结对帮扶。企业家们就如何发掘和利用"孝文化"、怎样以孝立企、以孝治企等,进行了深入的交流与探讨。

余金霞在当天接受媒体采访时说:"没有中华优秀传统文化的熏陶,就没有弯柳树村的今天。是孝道文化让弯柳树村'脱胎换骨',有了振作的精气神,有了打赢脱贫攻坚战的信心与决心。"

在余金霞看来,村容整洁、基础设施改善是外在美,人心改善、孝爱感恩成风、家庭和睦、邻里友爱是内在美。"只有内外皆美,才能称得上美丽乡村。"

采访中,面对记者对当下推进传统文化的意义提出的疑问,宋瑞如是回答:"改革开放30多年,中国社会发生了翻天覆地的变化,但也有一些问题出现,尤其是道德的缺失。从中央到地方,很多有识之士已经认识到了这一现象。习近平总书记说过,要使中华优秀传统文化成为涵养社会主义核心价值观的重要源泉。而总书记在考察山东曲阜孔庙时指出,对历史文化特别是先人传承下来的道德规范,要坚持古为今用、推陈出新,有鉴别地加以对待,有扬弃地予以继承。所以说,目前推进传统文化势在必行"。

宋瑞还找来了2013年12月4日《光明日报》上发表的一篇文章——《民族伟大复兴要以中华文化发展繁荣为条件》,文章明确提出了"思想道德建设是中华文化脉动几千年的核心力量。"

这期间,宋瑞开始思考,垃圾围村、老无所依、留守儿童、上访等问题不仅仅在弯柳树村突出,在中国广大农村普遍存在。多年的基层工作经验让宋瑞意识到,只有真正走进基层,才能找到病根。她深切地体会到,农村这个病根就是道德的亏失。在弯柳树村推广优秀传统文化,其实就是践行党的群众路线、核心价值观落地的一次尝试。

宋瑞说："传统文化接地气，老百姓一学就会，便于在广大的农村生根发芽，开花结果。"

当然，村容村貌、民风的改变，只是脱贫的第一步，最终还是要回归到脱贫致富奔小康的轨道上。那时，弯柳树村的订单农业已经起步，一些涉农企业家与弯柳树村部分村民签订了合作发展协议。

在弯柳树村的规划蓝图上，将以"孝爱""感恩"为载体，成立孝爱文化公司，做大做强传统文化教育培训产业、观光农业、订单农业，拓展"中华孝心示范村"的产业链条。

回忆起那天的情形，宋瑞说："那个时候，讲孝道已经在弯柳树村蔚然成风，给老人洗脚成为常态化，绝大多数被赶出住在'趴趴屋'的老人，被接回家与子孙一起生活，谁家敢不孝敬老人，会被全村人看不起的。再者，邻里之间也都懂得谦让了，关系和睦了，大部分村民见面还会鞠躬问好。"

宋瑞特别强调："过去的自私自利和麻木不见了，村民们都在比利他、比付出、比奉献，一个村子像一个大家庭一样。"

余金霞也感叹道："在那么短的时间，村民们就发生了如此翻天覆地的变化，真的是让人难以置信。弯柳树村虽然只是一个小小的村庄，但是村民却都有着心念家国天下的大胸怀。"

2014年9月17日，宋瑞邀请中央党校教授张希贤先生和山东曲阜孔子礼仪文化学校校长金辉女士来弯柳树村讲授传统文化。之后,这两位传统文化大家,成了弯柳树村传统文化教育中长期的金牌老师。

9月21日,弯柳树村被中国老龄事业发展基金会、孝文化传播工作委员会授予全国"弘扬中华孝道示范基地"。

当年10月,弯柳树村道德讲堂开启了每周二、三、四,连续4个月的主题讲座,宋瑞与张希贤、金辉两位金牌老师围绕"如何用德孝文化构建幸福人生"这一主题,为大家讲授德孝文化,带领村民观看视频,学习传统礼仪、礼节等。

这是弯柳树村学习传统文化的又一个转折。从此,村民们开始学习礼仪、礼节,特别是少年儿童,他们纯真可爱,模仿能力极强,一学便会。几节课下来,孩子们的言行举止彬彬有礼,表现得特别懂事。

10月2日是重阳节,也是"敬老节"(1989年,我国把重阳节定为"敬老节",以倡导全社会树立尊老、敬老、爱老、助老的风气)。弯柳树村提前为全村七十岁以上老人准备好了饼干、点心等节日礼物。这些礼物在一些富裕的人家可能不值一提,但在弯柳树村这些老人中,却是稀罕物。更重要的,这是老人们第一次享受到如此的"礼遇",很多老人都激动得泣不成声。

弯柳树村用德孝文化点亮了"道德星空"。

宋瑞与她的团队在弯柳树村的艰辛努力,换来了沉甸甸的收获。弯柳树村村民们彬彬有礼地迎接着来自全国各地的宾客朋友,以发自内心的真诚向客人展示了中华传统文化的无穷魅力,成了远近闻名的"明星村",被信阳市评为"美丽乡村"。新华社、《人民日报》《河南日报》、河南电视台、《大河报》等多家新闻媒体竞相报道弯柳树村在推行传统文化后的重大变化,并迅速在全国引起关注。

息县以此为契机,积极响应党中央提出的"立足中华优秀传统文化培育和践行社会主义核心价值观","复制"推广弯柳树村成功经验,全面展开了"中华孝心示范村""美丽乡村"创建工作,让传统文化成为促进全县和谐社会建设、脱贫攻坚的"金钥匙"。

第四章 春风化雨

中国传统文化博大精深，学习和掌握其中的各种思想精华，对树立正确的世界观、人生观、价值观很有益处。……学史可以看成败、鉴得失、知兴替；学诗可以情飞扬、志高昂、人灵秀；学伦理可以知廉耻、懂荣辱、辨是非。

——摘自习近平总书记《在中央党校建校 80 周年庆祝大会暨 2013 年春季开学典礼上的讲话》

1

在弯柳树村，有一些破旧矮小的老房子，被人们称为"趴趴房"，住的大多是老人——这些老人往往与儿女分开生活，饮食起居全靠自己，平时有的子女来送点吃的，有的子女则好几个月不管不顾。老人独居生活，遇到小病就硬撑着，生了大病也只能买点儿药，慢慢熬着。

一开始，宋瑞和志愿者们动员老人们的子女将老人接回家，但由于多年来形成的这种风气，村民们并不以为耻，改变起来非常不容易。"接老人回家"这一倡议开展起来并不顺利，经历了许多波折。但每个人都爱面子，谁也不愿承认自己不孝顺——正是基于这一点,宋瑞认为子女们一定会被说服。

为了让"接老人回家"这一倡议最终落地,宋瑞和志愿者们一家一家地去劝说,磨破了嘴皮子,甚至在集体学习的大会上进行批评教育。

令人欣慰的是,许多人对他们的倡议积极做出了反应,悄悄地把老人接回了家。骆同军就是其中的一个。

骆同军家就在道德讲堂后面,他家门口经常坐着两位老太太,其中一位就是骆同军的母亲。

骆同军在村里做建筑工,田地及家务都交给了妻子杜继英。杜继英又将自己八十九岁的母亲接来照顾,此外还要照顾两个外孙,因此就顾不上骆同军八十七岁的母亲,让老人独自住在老房子里,隔三岔五地送上一些吃的用的。

道德讲堂开讲后,杜继英作为村里最早的听课者之一,加上她经常与宋瑞聊天,慢慢地就被感化了,她还把丈夫也拉到了课堂上。夫妻俩听着老师们的讲课,尤其是做人之道和德孝故事,心里泛起了波澜——等他们再去给老人送东西时,心里便觉得不是滋味。

一天中午,骆同军来到母亲住处,看见老母亲正在热早上的剩饭。

"妈,你怎么老吃剩饭啊?"骆同军问道。

老母亲缓缓说道:"我年龄大了,一个人吃不了多少,早饭做一顿,吃不完就放在锅里,中午和晚上热一下就行了。"

骆同军心里一阵难受,母亲一辈子含辛茹苦,把他们弟兄几个养育成人,到老了却独自生活,连饭都吃不好。回家的路上,很少流泪的骆同军哭了,泪水像决了堤的洪水一样涌出来,怎么忍都忍不住。这一刻,他在心里对自己说:一定要把母亲接回家。

第二天,当骆同军准备跟妻子杜继英商量接母亲回家的时候,却发现她已经将母亲接回来,连床都铺好了。骆同军眼含泪水紧紧地握着妻子的手,什么话都说不出来。

而骆同军的几位兄弟,也主动要求轮流照顾母亲。

"想一想,等我们老了,孩子不让我们一起住,那种滋味确实不好受。"骆同军有些不好意思地说道,"以前没有想到这些,想着老人图清净,自己愿意单住就单住吧。后来学习孝道,我也明白了道理,人们不是常说,树欲静而风不停,子欲养而亲不待。我既然明白了孝道,就应拿出孝心,去照顾父母,及时尽孝,以补以往不孝之罪,谁家老人不希望和子孙们住在一起快快乐乐地过日子呢……"

骆同军将母亲接回家后,一家人都很高兴。现在母亲也去其他儿子家住,心情更好了,也变得更爱活动了。

如今,骆同军的母亲与岳母经常一起散步、聊天,骆同军夫妻不让她们做家务,她们见人就夸赞骆同军夫妻俩。

骆母乐呵呵地说:"每天吃过饭我就跟亲家母说说话,出去转转,啥事不让干,啥心不让操,过的真是神仙日子,大概这就叫享福吧。"

骆同军已五十多岁,现在,他是弯柳树村道德讲堂的一名义工,每天都会参加村里的义务劳动。因为道德讲堂建在他家旁,他就自觉地承担起清扫讲堂周围卫生的任务。每天晚上,他还到讲堂为跳舞的村民播放音乐。讲堂有块菜地,骆同军主动承担起掘地、撒种、施肥、除草等农活。

刚开始,一些村民在背后议论,骆同军是假装积极,想从中捞取好处。骆同军听到这些闲话,也不争辩,一如既往地干。传统文化的学习让他明白,是非自有曲直,公道自在人心。

最终,骆同军用自己的言行,赢得了乡亲们的认可。

六十多岁的杜若峰,身体硬朗,他的母亲已是九十岁高龄,仍然独居在老房子里。自从学习了孝道文化,杜若峰不仅把母亲接回了家,还天天为母亲洗脚。他在县城居住的两个儿子,也经常带着老婆孩子回村里看望他们。

杜若峰满足地说:"祖孙四代在一起,那种感觉真幸福。我特别庆幸这辈子能够学习孝道文化,这是我的福气,也是村里人的福气。"

蔡志梅是弯柳树村第一个走进道德讲堂的年轻媳妇。她是贵州人,10 年前,她在外面打工,与丈夫相识相爱,不远千里嫁到了弯柳树村。刚开始,她和丈夫相亲相爱,小日子过得很温馨。可不幸的是,2013 年 11 月,她的公公患上了胃癌。蔡志梅和丈夫把老人送到医院治疗,医生让做手术,手术费得十几万元,这对于一个普通家庭来说,无疑是一笔巨款。为了给老人看病,蔡志梅和丈夫四处借钱,原本不宽裕的家庭又欠了 10 多万元的外债。

父亲出院后,为了早日还债,丈夫外出去打工,蔡志梅在家里操持,照顾老人、田间农活、做饭洗衣,全靠她一个人。公公手术后不能干重活,还爱生气,一生气病情就加重。蔡志梅就像哄孩子一样对待公公,成了一个贴心的"保姆",每天把饭端到床头,还经常给他洗头、洗脚。此外,蔡志梅还要照看孩子。一天下来,累得腰酸背痛,可她却从来没有埋怨过,每天都能乐观面对生活。

　　村里一些人还说风凉话,笑话她:"你这也太惯着他了吧,哪有儿媳妇给老公公洗头洗脚的呀?不行啊……"

　　"为什么不行啊,他既然是我丈夫的父亲,就等同于我的父亲,我给长辈喂饭、洗头、洗脚,难道有错吗?"蔡志梅理直气壮地说。

　　道德讲堂给蔡志梅带来了心灵震撼。在生活中,她也以自己的真诚与言行践行着孝道,把公婆当作亲生父母,收获了街坊邻居的赞誉。

　　逐渐地,孝成为弯柳树村的风气,不孝成为一种耻辱,谁不孝,全村人都会看不起他(她)。

　　余金霞欣慰地说:"接老人回家等孝爱措施,温暖了老人心,促进了家庭和谐、社会和谐,也成为乡村扶正祛邪的基础,这不仅是孝道工程,也是缓解农村养老困境的有效途径。紧接着我们又在全县发起了'接老人回家'的倡议,取得了良好的效果。　"

2

　　许兰珍应该是让宋瑞最为欣慰和感动的一位村民,她从第一次听课起,就再也没有缺席过。

　　许兰珍姐妹 4 个,因为没有兄弟,就招了个上门女婿,一直与父母生活在一起。有一次,许兰珍听完课回到家,什么也没说,扶九十多岁的老母亲坐好,然后端来一盆热水,蹲下身子,平生第一次为母亲洗起了脚。当她看到母亲的那双裹得变形了的小脚时,再也控制不住自己的情绪,带着哭腔叫了一声娘,扑在母亲怀里哭了。母亲用干枯而布满青筋的手抚摸着许兰珍的头发,也流下了热泪。

　　此后,每隔两天,许兰珍都要给母亲洗洗脚,帮母亲刮刮脚上的老茧。

　　一天,宋瑞问许兰珍:"听了这么长时间的课,有啥感受啊?"

　　许兰珍不好意思地笑笑,说:"以前我这当闺女的,都不知道怎么孝敬母亲,光想着老人有吃有喝就中了,从来没想过给母亲洗洗脚,刮刮老茧。那天,我给母亲洗脚时发现,她的脚被摧残得不像样子,十个脚趾断了八个,只有大脚趾没有断。看着母亲的脚,我心里不是滋味。都说闺女是母亲的小棉袄,我觉得自己别说是小棉袄,连起码的关心都没做到。"

　　许兰珍的母亲一生历经苦难,嫁给许兰珍的父亲时,中华人民共和国还未成立,家里穷得三年没吃过盐、没穿过棉裤。过饥荒年,全靠挖野菜充饥,天天吃了上顿没下顿。改革开放后,条件虽有所改善,但母亲的生活并没有多大改变。想到母亲的过去,许兰珍觉得自己太对不起母亲了。

许兰珍坦诚地告诉宋瑞:"宋书记,是您及时把我从赌桌上拉了回来。我都六十多岁了,我母亲都这么大年纪了,作为女儿我得尽心去照顾好她,不然以后想尽孝都没机会。现在每天我还能给老母亲洗脚,这是我的福气啊。"

通过道德讲堂,村里能有一个许兰珍,以后就会涌现出第二个、第三个……

当宋瑞把许兰珍的事告诉余金霞时,她特别惊喜,两人激动地拥抱在一起——没有什么比这个更让两人欣慰的了。万事开头难,为了这一个许兰珍和以后更多的许兰珍,受再多的委屈和艰辛都值得。

余金霞地对宋瑞说:"看来,村民听课学习之后,思想已经开始慢慢发生变化了。其实,孝亲、感恩,这最朴实的情感,老百姓还是很容易接受的。"

许兰珍的转变,在弯柳树村可以说是一个奇迹。曾经,在弯柳树村只要提起许兰珍的名字,大伙都会说,不就是那个"赌博队长"嘛。多少年了,"赌博队长"的绰号早已替代了许兰珍的本名。

许兰珍迷上打麻将,和她的家庭有很大关系。她母亲年轻时喜欢赌博,许兰珍从小耳濡目染,慢慢也染上了牌瘾,便经常泡在麻将场上。而且,许兰珍还把这种赌风传给了儿媳妇焦艳。

焦艳刚过门时，不会打牌，农闲时家里人聚在一起打麻将，她就在一旁坐着。许兰珍的母亲就喊她："艳儿，坐过来，奶奶教你打牌，不然，就你一个人不玩牌多无聊啊。"

在许兰珍母亲的教授下，焦艳很快就学会了打牌，后来也经常泡在麻将场上，全家人以打麻将为乐。

许兰珍打起麻将来，顾不上照顾母亲，更不用说陪老人说话了。焦艳也跟婆婆学，玩起牌来啥都不管不顾，家务活全撂在一边。

许兰珍的丈夫许中山急了，这样下去日子不知道会过成什么样子，还不被全村人笑话啊。许中山决心劝阻许兰珍，一见她去打牌就训斥她，不让她去。然而，被牌瘾控制了的许兰珍，一天不打牌就手痒，跟着了魔似的心神不宁，怎能听进丈夫的劝告。许中山看怎么都阻止不了她，彻底恼了，干脆自己也以身试赌。结果几场牌打下来，许中山就输了14000多元，家里一下子陷入了"经济危机"。

宋瑞也曾多次到许兰珍家，苦口婆心地劝说她戒赌，她嘴上答应得好好的，但实际上根本没有多大改变。

种树者必培其根，种德者必养其心。许兰珍被宋瑞领进道德讲堂，思想上受到很大的触动。渐渐地，赌桌上越来越少见到许兰珍的身影。

人们发现，许兰珍和以前不一样了。每天，她不像从前那样着急去麻将场，而是待在家里做家务，陪母亲拉家常。而第一次给母亲洗脚,成了许兰珍与麻将场决绝的"里程碑"。天气好的时候,她会陪着老人一起走亲访友,还把母亲带到照相馆拍了艺术照。

每逢村里的饺子宴,许兰珍都会早早地赶到,帮忙包饺子。

有一次,在道德讲堂,许兰珍与大家一起分享学习优秀中华传统文化的心得体会时,她说:"开始听课,我是不好意思驳宋书记的面子,也不安心听,想得也太浅。慢慢地,我就听到心里去了,越听越爱听,越听越想听。我也在不断反思自己,前几天,我一直想把家里的两个低保让出来一个,只保留我老娘的低保。按说,我不让出来这个低保也说得过去,因为我家孩子有糖尿病,还有脑梗,有医院的证明。可我为什么要让出一个低保呢? 我觉得村子里还有比我更困难的人,他们比我更需要,说什么我也不能再要了。"

许兰珍不仅成了学习传统文化的积极分子,思想觉悟也有了很大提高,与儿媳焦艳一起成为德孝歌舞团的优秀演员。她还自编了一首歌《夸亲家》,成了村里的红人,令全村人刮目相看。

许兰珍感觉自己的生活变得快乐、充实了,她说:"过去是不打麻将难受,现在是不去听课难受,做着饭还在想孔圣人说的'德不孤,必有邻',我只要不做亏心事,一定会有好人缘。"

许兰珍确实遇到了好人缘。儿媳妇焦艳就是她修来的

"福分"——焦艳不仅是弯柳树村的道德楷模,还负责村里德孝基金会和义工团的财务监督运营,以及全村家庭卫生、德孝人物的检查评比等工作。

2008 年,焦艳的丈夫因车祸永远离开了这个世界。这对于焦艳与婆婆来说,真是天塌了。噩耗传来,婆婆不堪忍受白发人送黑发人的打击,天天以泪洗面。焦艳更是陷入绝望,连活下去的心都没了。

那段时间,焦艳一看见年仅七岁的儿子,就会流泪。孩子没了父亲,还能再失去母亲吗? 再看看婆婆,她更加于心不忍。生活还得继续,而能支撑起这个家的,只有自己。

焦艳强压住内心的悲痛,对婆婆说:"妈,既然他走了,那我就做您的女儿,我们一起好好生活吧。"

焦艳用瘦弱的肩膀撑起了这个家。

婆婆见媳妇儿一个人太苦,就劝她再找一个。为了不让老人担心,焦艳答应了,但她同时提出了一个条件——男方要入赘,和她一起侍奉婆婆。后来,焦艳再续姻缘,现在的丈夫按她的要求落户弯柳树村。

如今,许兰珍的母亲已一百零二岁,她家成了全村少有的五世同堂家庭,一大家子融洽和谐、孝悌有序。许兰珍的几个子女也都团结友爱,每逢过年过节,全家 60 多口人团聚在一起,其乐融融。

这天,弯柳树村道德讲堂每月一次的文艺会演正在进行。

报幕员走上舞台:"下一个节目,音乐剧《游子吟》。"

悠扬的乐音响起,纯真的歌声深情舒缓;十几个穿戴华丽的伴舞演员走上舞台。随后,许兰珍扮演的母亲出场,她坐在那里认真地缝着衣物……

焦艳扮演的女儿要出远门,临行前与母亲依依惜别。

"妈!"随着女儿一声深情的呼唤,许兰珍眼泪不由自主地涌出来……

没有过多的台词,没有复杂的故事情节,只有简单的舞蹈和情感的交流,观众们感动得泪眼迷蒙。演员们以发自内心的自然真诚,打动了在场的每一位观众。

有村民小声议论——

"许兰珍和她儿媳妇演得真好。"

"真的好,我看一次哭一次。"

"她俩哪像婆媳,倒像是亲母女。"

"就是,以前她们可不是这个样子……"

…………

《游子吟》成了弯柳树村德孝歌舞团的看家节目,还曾被邀请到河南电视台演出,许兰珍与焦艳的真情表演让观众印象深刻,她们成了大家心目中的明星。

许兰珍说:"当听到儿媳叫我妈时,我特别感动,没觉得那是在演节目。以前我的脾气不好,是传统文化改变了我,让我明白一个家庭不和睦,总会祸患不断,只有家和才能万事兴。我对我妈孝顺了,我儿媳妇也对我孝顺了。做父母的尽孝心,也是为儿女做榜样。"

焦艳说:"孝心就是对老人孝顺,孝心也是对老人疼爱,孝心更是一种担当。"

焦艳不仅在舞台上演绎了婆婆就是妈的人间真情,在现实生活中,她也是这样践行孝道的。

3

这天,宋瑞吃过晚饭就去了李红家。没进门,就听见屋里乒乒乓乓的打麻将声,宋瑞悄悄地走进去,只见七八个人围在一起,有的在打,有的在看,好不热闹。

"宋书记来了,不好意思啊,我正坐庄呢,您随便坐吧。"李红见宋瑞来了,边看牌边笑着说,"我们这是闲着没事儿玩玩,玩得可小,不算赌博啊。您有事就说吧,我一边打一边和您说话,打牌说话两不误。"

李红在村里喜欢打麻将是出了名的。可以说,打牌是她生活中最重要的事。一坐到牌桌上,一玩就是一整天。逢年过节或者偶尔去看望父母,她也是催促着母亲早点做饭,吃完饭好快点回去打牌。父母劝过她很多次,可她是左耳朵进,右耳朵出,从来不把父母的话当回事。父母有时忍不住骂她几句,她还理直气壮地反驳:"这又不是什么坏事,我也就这么一点儿爱好,你们还反对,我打牌赢了,还能为家里创收呢。"

父母无可奈何地摇摇头。

李红打起麻将来,连饭都不做,孩子放学回家,就胡乱弄点吃的打发。丈夫气得干生闷气，却拿她一点儿办法都没有。

一天中午，李红提前做好了午饭，放学时间到了，她到门口望了好几次，都不见孩子回来。因为与牌友约好了下午打牌，她急着打发孩子吃完饭好去牌场。可左等右等，就是不见孩子的身影。李红等不及了，就急火火地跑到学校。走到离学校大门口不远，李红看见围着一群人，只听一位大妈说："有啥好看的，说不定是搞传销的，来咱村忽悠人的。"

李红走近一看，原来是村里的几个志愿者在给接孩子的家长开会。

"咱们作为父母，要想孩子学好，自己首先要做好榜样，不能整天自己待在麻将场上，时间长了，这会给孩子造成不良影响的……"

李红听后，感觉脸上忽地一阵热。那几个志愿者还都是十七八岁的小青年，自己也是奔四十的人了，难道连这些刚踏入社会的孩子都不如？她这么一想，一阵羞惭涌上心来，她不觉低下了头，恨不得立马找个地缝钻进去。

李红偷偷扫视了一下，发现自己的孩子也在人群里。她没有惊动孩子，而是悄悄地退出人群，逃也似的回家了。

回到家，李红坐在饭桌旁耐心地等着孩子。孩子一回到家，李红马上把饭菜端上来。孩子瞪着大大的眼睛看着妈妈。

李红伏在孩子耳边悄声说："妈妈以后不打麻将了，天天好好给你做饭。"

孩子好像明白了什么，开心地做了个鬼脸。

下午的牌局李红当然是爽约了。几个牌友轮番打电话，她都没有动摇。

　　丈夫感觉有点儿不对劲儿，像看陌生人一样上下打量着李红，问："牌都不打了，不是有啥事吧？"

　　李红一脸的淡定，郑重地说："从此不再沾染麻将，永远戒赌。"

　　丈夫满脸的不信任，心想，你戒赌，这不是太阳从西边出来了嘛，说的肯定是玩笑话。于是挖苦道："老婆，这是受啥刺激了？你这会儿刚表完态，我估计你撑不到二十四小时。"

　　李红严肃地说："我再说一遍，李红今后永远不沾麻将，若再犯，不用你休我，我自己离开这个家。"

　　丈夫赶紧认真地说："别别别，你打不打麻将我都不会休你。"

　　李红义无反顾地说："不，这是我对自己的承诺，一定说到做到。"

　　丈夫一把将她抱住，激动地说："李红，我支持你，永远支持你！"

　　没过几天，村里便开展起清理垃圾的活动，李红也参加了。这天晚饭时间，她看到十几位志愿者还没有吃饭，就把他们拉到自己家，做了一桌可口的饭菜。

　　志愿者吃完饭要给钱，李红坚决不收，她动情地说："你们这么辛苦来帮我们村，我作为弯柳树村村民，给你们做顿饭还不是天经地义的事？要是收你们的钱，叫我的脸面往哪搁啊？”

后来，李红与许兰珍、杜继英一起走进道德讲堂，成为学习传统文化的优秀村民。

与麻将摊决绝的李红，空闲时间不是去听课，就是在村里的小广场上跟着志愿者学跳舞。由于她悟性好，不管啥舞蹈一看就会，成了德孝歌舞团的"台柱子"。

2018 年秋，我再次见到李红时，她已是弯柳树村德孝歌舞团的团长了。

4

清晨，弯柳树村渐次热闹起来。在"新农村"小区，一座标准住宅（三层连体别墅，外带厨房、储物间、水冲厕所、过道等）的大门"吱呀"一声打开了，赵忠珍拿着扫帚走出来，开始打扫门前的大路。她看起来心情不错，嘴里哼着小曲，打扫完，又到门前的小菜园里摘了一把豆角和几个西红柿——这就是早饭的菜了。

弯柳树村的"新农村"小区，是 2014 年按照国家建设新农村政策，由政府补贴、住户出资修建的。一排排楼房整齐划一，楼房高度、面积、房内结构、院落布局，以及大门样式等，全都一模一样。

赵忠珍每天都会比别人起得早。即便这样，她也显得很忙碌，因为父亲与丈夫双双患病不能完全自理，需要她照顾，加上两个正在上小学的孙子,生活天天都是紧紧张张的。

每天起床后,赵忠珍都是急匆匆地洗漱完,先到厨房打开火把粥熬上,再打扫屋里、院内、门前的卫生。做好早饭,赵忠珍又忙着伺候两个病号:给父亲擦洗手脸,把饭端到床边;再扶走路一瘸一拐(脑血栓后遗症)的丈夫,安顿他在饭桌旁坐下吃饭;同时喊两个孙子起床、洗脸、吃饭;两个孙子上学走了,她又开始给父亲熬药……日复一日,这就是赵忠珍的生活常态。

院子的晾衣绳上挂着几件大红大绿的衣服——这是赵忠珍的表演服。她摸了摸,还没有完全干透。下午有演出,她得提前做好准备。一想起演出,赵忠珍感觉身上所有的疲劳都没了,浑身都是劲儿。

村里人都说,和以前相比,现在的赵忠珍简直就像变了一个人似的。

赵忠珍是父母唯一的女儿,父亲已八十多岁,丈夫是上门女婿。丈夫不光脾气不好,还倔,夫妻俩时常拌嘴。最让赵忠珍痛苦的是,丈夫进入这个家30多年,从来没有叫过一声爹,甚至有时还跟父亲吵架。夹在两个亲人中间,赵忠珍身心倍受煎熬和折磨,痛苦不堪。

父亲最大的嗜好就是抽烟,患了脑梗死后常年卧床都没有戒掉。有一次,赵忠珍去镇上买东西,交代丈夫在家看着父亲。丈夫平时就不怎么跟父亲说话,于是就坐在院子里抽烟。一会儿,房间传出来几声断断续续的咳嗽。他知道,岳父的烟瘾又犯了。

赵忠珍的丈夫慢悠悠地站起来，又点了一支烟叼着，靠在门框上边吸烟边看着岳父。

赵忠珍的父亲见女婿来了，目光里透出些许兴奋，他以为女婿是来给他递烟的，嘴里呜呜啦啦地喊着。

赵忠珍的丈夫明白，岳父是想抽烟，但他就是不给他，而是幸灾乐祸地看着岳父，还故意把烟雾朝岳父的方向吐。躺在床上的老人气得直发抖，最后拼尽全力，发出一声怒吼。

老人气得连晚饭也没吃，赵忠珍知道后气得直骂丈夫，丈夫却嬉皮笑脸地说："我啥话都没说，咋能怨我呢？"

偏偏祸不单行，赵忠珍的丈夫在2013年3月也得了脑梗死，治疗后虽然没有瘫痪，但留下了严重的后遗症，走路一瘸一拐的，生活不能完全自理。

父亲与丈夫双双患病，给家里带来了巨大的经济压力。赵忠珍的儿子儿媳不得不外出打工挣钱，家里、地里全靠赵忠珍一个人支撑，天天累得疲惫不堪。

生活的沉重不言而喻，赵忠珍感觉天好像塌了，什么事都得自己扛。她觉得自己这辈子太委屈了，命运对自己太不公平了，丈夫以前总是对她发脾气，现在病了，她反而得给他端屎端尿，凭什么呀？

赵忠珍越想越生气，怨恨、困惑、绝望困扰着她，她真想一死了之。

弯柳树村道德讲堂开讲之初，赵忠珍一天到晚忙家务，没有工夫去听课。

又到了周末，晚饭后，赵忠珍伺候父亲和丈夫吃过药，便被两个孙子拉着出了门。

周末的道德讲堂非常热闹，歌声高一阵低一阵。赵忠珍知道道德讲堂每月都有演出，表演者和观众都是本村人，但她根本没有心思去凑那个热闹。两个孙子听见歌声便缠着奶奶去看节目。就这样，她第一次走进了道德讲堂。

节目演完后，宋瑞开始讲孝道文化。生动感人的故事，娓娓动听的讲述，赵忠珍听着听着就听进去了。这之后，赵忠珍便常常去道德讲堂，听课的次数也多了起来。德孝文化，犹如缕缕春风，吹开了赵忠珍内心多年积压的怨气与困惑，吹开了她的心结，温暖了她的身心。

她明白了，以前凡事总去埋怨家人，没有从自身找原因，自己家里之所以不幸，就是自己没有尽孝道，太计较自己的得失了。

"天地重孝孝当先，一个孝字全家安。"醒悟后的赵忠珍，遇到丈夫不高兴时，不管他怎么发脾气，她都不和他争吵。事后，她从自身找原因，结果心情反而越来越好，生活中计较少了，快乐自然就多了。

曾经满脸惆怅的赵忠珍变了，变得开朗了，变得爱笑了。家庭的负担依然沉重，但她积极参加学习，还经常排练、演出，她不觉得累，天天都很开心。

精神状态好起来之后，赵忠珍焕发出超人的激情与创造力——文化程度并不高的她,根据一些老歌的调子,自编了《传统文化真是好》《唱唱咱的弯柳树》《宋书记、余部长我爱你》等歌曲。

在赵忠珍的策动下,全家人都走进了道德讲堂听课。通过学习,丈夫对父亲的态度缓和了许多。有一天吃晚饭时,丈夫没有像往常一样坐在饭桌前等着赵忠珍把饭端来,而是走到厨房自己盛了一碗饭,赵忠珍以为他饿得等不及了,没想到却见丈夫一瘸一拐地端着饭走进父亲的房间,把碗放在父亲的床前,低着头说:"爹,吃饭吧。"

"啥? 你叫我啥?"老父亲以为自己耳朵出了毛病。

"爹,以前都是我不好,我不是也遭报应了嘛,今后,你就是我的亲爹,我和忠珍一起照顾您。"

老人顿时眼泪直流,久久地抓住女婿的手不放。两个男人多年的不和,随着一声"爹"的真诚呼喊,瞬间消融。

门外的赵忠珍早已热泪奔涌,她盼望这一天,已经 30 多年了。

当天晚上,赵忠珍就把这一好消息告诉了宋瑞,她真诚地说:"宋书记,真的很感谢您,感谢道德讲堂,是道德讲堂改变了我的命运……"

想起赵忠珍在舞台上轻盈的舞步,欢快的歌声,宋瑞不禁感叹:"传统文化的感召力真是不可估量,能让一个五六十岁的妇女从绝望的泥潭中走出来,唤起对未来的希望,乐观豁达地面对困难,我也发自内心地开心。那天夜里,我觉得特别幸福,特别有成就感,真是笑着进入了梦乡。"

后来,宋瑞又协调爱心企业家对赵忠珍进行对口帮扶,经济收入不断增加,终于实现了脱贫。赵忠珍丈夫的病情也有了好转,家庭关系也和谐起来,一切都温暖起来,灿烂起来。

2016年,赵忠珍一家搬进了将近200平方米的三层连体小别墅。家里多余的房间被村里改造成"孝爱客房",不到半年时间,就营收6000余元。

2018年5月的一天傍晚,我来到赵忠珍家里。她很健谈,我说我想了解她的"转变"故事,她笑着点点头说:"这些事我都说了不知道多少遍了,再给你说说也不多这一回。"

我表示感谢,征求她同意录音。她以不疾不徐的语气,向我倾诉她不堪的过去与现在的开心生活。说到动情处,她也垂泪。

我们聊得正有兴致,赵忠珍的手机响了。她不好意思地说:"不好意思啊,尚老师,我接个电话。"

我说:"没事,没事。"

她的电话声音很大,我可以清楚地听到电话里的说话声:"喂,忠珍,你还在哪儿磨蹭?大家都等着你排练节目呢。"

"不好意思啊,省城来的尚老师在我家采访呢,一会儿我就过去啊。"

等赵忠珍挂了电话,我连忙说:"你现在可是歌舞团的主力演员,赶紧去排练节目吧,我回头再找你聊天啊。"

赵忠珍不好意思地说："现在我们德孝歌舞团经常外出演出，每天都忙着排练新节目，我不去他们不好排练。你没事了常来坐啊。"

赵忠珍与我一起出门，然后急匆匆地去了德孝讲堂。看着她的背影——匀称的身材，轻盈的步伐，怎会想到她已是年近六旬的老人，当然也不会想到，她曾深陷生活的"泥潭"不能自拔，在无助与绝望中挣扎。

赵忠珍在接受媒体采访时曾说过一段话："以前我的家庭关系不和谐，丈夫和父母关系不和谐，俺两口子经常闹矛盾，后来父亲和丈夫又因病先后偏瘫，日子越过越难，越过越穷，我绝望得想自杀。村里开展传统孝爱文化教育后，我先后学习了媳妇道、父母道、丈夫道等传统文化，思想观念有了很大的转变。过去遇到难题总是埋怨别人不对，现在什么事我都先为别人着想，主动在村里当义工帮助别人，每天生活充实，心情舒畅，是孝爱文化救了我的家庭。"

"慈孝之心，人皆有之"，如今，脱贫的赵忠珍一家和和睦睦，日子越来越红火了。

5

晚饭刚过，汪学华的家里就传出高一声低一声的争吵。

汪学华是弯柳树村出了名的有本事的人，靠做粮食生意一年能轻松挣个一二十万元，在周边三里五村是个知名度很高的名人。他讲义气，遇到看不惯的事敢于直言，但也爱抬杠，与人吵架甚至打架也时有发生。这都不算什么，他还有赌博、酗酒、家暴等恶习，这让他的妻子吃尽了苦头，天天担惊受怕。

"一天到晚就知道喝喝喝，喝死算了，我也早点解脱。"汪学华的妻子边哭边骂。

汪学华的妻子姊妹6个，她是老大，因为家庭贫困，没有上过学，不识字，但勤劳能干，干啥事都风风火火。她脾气暴躁，一直与丈夫对着干，从来不知道示弱。

话音还没落，就听见"啪"的一声，一个瓷碗被摔得粉碎。

"你敢骂我？臭婆娘，看我今天不打死你……"汪学华操起身边的拖把挥向妻子。

"打死人了，救命啊……"汪学华的妻子歇斯底里地喊叫着。

…………

汪学华夫妻俩一个比一个强硬，谁都不肯先低头服输，更不懂得礼让尊重，专挑对方的缺点，说轻了彼此不服气、不济事，说重了就大打出手。街坊邻居都知道，他们夫妻俩吵架打架是家常便饭，从结婚到现在就没有好过几天。刚开始，邻居们听到他老婆呼救，就赶紧去他家劝架，可是越劝俩人越来劲，闹得越凶。后来大家都习以为常了，再听到他老婆呼救，也没人去劝架了，劝也白劝，清官难断家务事嘛。这样一对夫妻，感情不用说是越来越淡漠，见了面连话都不说，天天跟仇人一样。

汪学华最初走进道德讲堂,本意不是去听课,而是去找碴儿、撂风凉话的。在他看来,村里德孝文化搞得再好,也当不了吃当不了喝,搞这些虚的东西纯粹是耽误事。

那天,宋瑞讲的是"学习《弟子规》,做幸福的弯柳树村人",汪学华听了一会儿,心慢慢静了下来,不知不觉入了心。听完讲座,汪学华服气了,他为原来的想法感到羞愧。人家宋书记辛辛苦苦为村民讲课,我不懂感恩还想找事,自己还有点儿人味吗?

汪学华回到家,第一次对"幸福"这个词进行了认真的思考——自己虽然不缺钱,可夫妻之间剑拔弩张,哪有幸福可言?不行,我得改变,一定要改变,去追求幸福。

从此,汪学华便常去听课,人也在不知不觉间发生了变化——酒喝得越来越少,麻将场也不去了。他的主要活动场所转移到了道德讲堂,每次上课或举办活动,他都提前来到道德讲堂做义工搞服务。后来,在村义工团换届时,他当选为弯柳树村义工团第三届团长。

五十岁出头的汪学华说:"我学习传统文化最大的收益就是懂得了夫妻之道。以前年轻气盛,不懂得怎么做一个好丈夫,总是因一些小事吵架打架。学了传统文化之后,才知道夫妻有夫妻道。以前不觉得妻子为了这个家忙里忙外的辛劳,甚至还摆出夫妻性格不合、犯克的歪理。自己的父母都已经去世了,家中除了儿子、儿媳、孙子,就是陪伴自己大半辈子的妻子了,不对她好还能对谁好?"

汪学华变了,妻子也变了。夫妻二人变得相互理解、关心和恩爱,更不会再指责和抱怨对方。他们相敬如宾,再也没有红过脸、斗过嘴,汪学华主外,妻子主内,儿子、儿媳在外打工挣钱,全家人和和睦睦,真正步入了小康生活。

在一次德孝歌舞团为来自省会郑州客人表演节目的中间,汪学华向大家分享了他学习德孝文化的体会与改变:"如果不是优秀传统文化的话,我这辈子可能一直都是一个赌博、酗酒、打老婆的混蛋,到死可能也不会悔改。可现在,我一天不到讲堂做义工,就感觉浑身不舒服。特别是学习传统文化之后,让我明白了人人都可以成为圣贤。"

汪学华的华丽转身,可能连他自己都不会想到。从他身上,我们得到这样的启示:只要愿意改变,什么时候都不晚,什么人都可以做到。我们也再次看到了优秀传统文化化育人心的伟大力量。在我国广大农村,部分地区正处于"礼崩乐坏"的边缘,如果能全面推行优秀传统文化教育,乡村一定会焕发出更加巨大的活力,早日进入和谐小康社会。

6

腊月的一天早上,宋瑞刚起床,只见外面大雪纷纷,一夜之间,地上积雪足有半尺厚。

宋瑞突然间想起了什么事,对,今天得再去看看汪建。下雪天,他肯定会待在家里。功夫不负有心人,他终肯会见我的。

想到这儿,宋瑞赶紧洗刷完毕,胡乱吃了点,就穿上外套、系上围巾出门朝汪建家走去。

积雪在宋瑞的脚下发出"嘎吱""嘎吱"的声响。风不大,却是彻骨地冷,吹在脸上有点儿隐隐的痛。她把围巾向上拉了拉,继续前行。

她曾去找过汪建无数次。每次去,汪建不是不在家,就是躲在屋里不见她,有时明明看见他了,一转眼却不见了。一句话,汪建就是不肯见她。

汪建是弯柳树村的一个怪人,性格相当孤僻,平时总是一个人躲在屋里。他不喜欢见人,也不和别人来往,不跟别人说话,就是和自己的父亲也几乎不说话。吃饭时,都是父亲把饭从门缝里递进去。

汪建患抑郁症已有十几年了,他父亲早些年带他到处求医看病,也没少花钱,但一直效果不好。后来,家里越来越贫困,他的病也就拖着。

宋瑞深一脚浅一脚地来到汪建家,大门敞开着。宋瑞想,汪建可能在家呢。院子里很乱,堆满了破纸箱、酒瓶子之类的杂物——汪建的父亲是收废品的。

"汪大哥在家吗?"宋瑞喊了两声,没人应答。

她推开屋门,空荡荡的屋子显得很清冷。家具简单得不能再简单了,正当门摆着一张小桌子,上面放着一盘酱黑的腌菜,还有一小碟红辣椒,馍筐里的几个馒头看上去硬邦邦的。小桌旁,是两张用几块木板钉成的简易凳子。

大冷的天,吃这怎么行? 宋瑞拿出手机拨通了汪建父亲的电话。

"汪大哥,我这会儿在您家,您在哪儿? 大雪天咋没在家啊?"

汪建的父亲焦急地说:"是宋书记啊,汪建一大早就跑出去了,也不知道去哪儿了,我正找他呢。"

"您先别着急啊汪大哥,我马上给几个村干部打电话,大伙儿一起找。"宋瑞安慰他道。

宋瑞立即给几位村干部打了电话, 她交代大家分头去找,每人去一个方向,她自己则顺着大街向北找去。不知什么时候又下起了雪,纷乱的雪花漫天飞舞,宋瑞的身上落满了雪,头发和眉毛都变成了白色。

这个汪建,大冷的天会跑哪里去呢? 不会一时半会想不开……如此一想,宋瑞的脊梁骨一阵发冷,脚下的步子更快了。

一定得赶紧找到他,这么冷的天,万一他躲在哪里不动,会冻坏的。宋瑞只顾想着汪建会在哪儿,忽视了脚下,一脚没踩稳,身子一个趔趄向前扑去,结结实实地摔在地上。右腿膝盖传来一阵木木的痛。宋瑞用胳膊支撑着坐在雪地上,半天起不来,她轻轻揉压膝盖几分钟,强忍着疼慢慢站起来,试着走了几步,好像没大事,便又一瘸一拐地向前走去。

这时候，电话响了——好消息，汪建找到了。

宋瑞松了口气，提着的心终于放下了。她赶紧折回头去汪建家。

汪建正坐在屋前的台阶上发呆，见到宋瑞一瘸一拐地进来，他像是受到了什么惊吓，神色慌张。他猛地站起来，不过这次他没有朝外跑，而是去了屋里。

好不容易见到汪建，宋瑞赶紧走进屋，抓住了汪建的手。她发现汪建浑身在哆嗦，手心湿漉漉的，全是汗水。宋瑞这才明白，汪建为什么不愿意见人——疾病让他的心理变得异常脆弱，而且对外部世界充满了恐惧。

直到晚上睡觉，宋瑞才顾得上看自己的膝盖，一片瘀紫，渗出的血已经凝固成痂。

"还能走路，说明骨头没事。"宋瑞庆幸地说道，脸上却满是兴奋。

汪建终于肯见自己了，还和自己说了两句话，这就算取得了初步成功。一定要想办法治好他的病，不然这一家人怎么能过上好日子？宋瑞想着汪建的事，不觉进入了梦乡。

后来，宋瑞经四处打听了解到郑州一家健康咨询公司，通过精神疏导治疗抑郁症效果不错，便向该公司老总做了交代，又给了汪建父亲600元钱，让他带汪建去治疗。

这家公司老总热心慈善事业，对汪建给予了钱物与治疗等帮助。但没过多久，汪建却不愿去治疗了，给钱也不要。

宋瑞又与这家健康咨询公司进行沟通，确定把汪建送到该公司在安阳创办的传统文化基地进行学习。来基地学习，除路费自己承担，其他吃住都是免费的。

宋瑞苦口婆心地劝说，又把来回路费准备好，好说歹说，这才把汪建带到了基地。

学习了一段时间后，汪建有了明显的变化。回到村里，虽然还是沉默寡言，但他敢出门了，不天天躲在家里了。

随后，宋瑞又安排汪建去辽宁省鞍山市学习了一个多月。这次回来后，汪建有了更大的变化——出门遇见别人跟他说话知道回应了，而且还会主动与别人打招呼。慢慢地，他还能跟着父亲收废品了。

汪建家门前种了很多鲜花，月季、芍药、美人蕉等，一到春天便姹紫嫣红。而这些花儿，都是汪建种的——他与我们一样，心里藏着对美丽大自然的爱，充满了对美好生活的憧憬。

汪建能回归到正常的生活轨道，宋瑞无比欣慰。她更期望弯柳树村每户村民的门前，都能盛开绚丽的花朵。

7

时间回到 2013 年的某一天，宋瑞又要搬家了。自从来到弯柳树村，她记不清这是第几次搬家了。这次与前几次搬家不同，以前宋瑞住的都是村民家的闲置房，一旦村民用房，她就得赶紧搬家腾房。她的原则是自己不能影响村民的正常生活。而这次是宋瑞主动提出来的，她要搬到邓学芳家，与她一同搬去的还有余金霞。

邓学芳是既高兴又担心。她觉得，宋书记和余部长能来自己家住，是看得起自己。可家里条件太简陋、太不方便了，她担心她们受不了那个苦——几间屋子只有一个大衣柜、一张饭桌和几个小凳子，再没有其他能叫得上家具的物件了。

太阳还没有升起来，屋子里的光线有些朦胧，加上青灰色的水泥墙上贴着旧报纸，屋里显得更加暗了。出院不久的邓学芳蔫蔫地躺在床上，她很早就醒了，反复地对丈夫说："宋书记和余部长要来咱家住，这是咱的光荣。你得早点起来把院子里里外外打扫一遍，免得人家来了，还脏兮兮的。咱可不能怠慢了人家，把咱家的新被子、新床单都拿出来，尽量让她们住得舒服点。"

六十多岁的邓学芳，患有糖尿病、高血脂等疾病，身体羸弱，啥活都干不了。前段时间一直在住院治疗，实在交不起住院费了才出院的。

出院时，医生对她丈夫说："现在病情这么严重，是不能出院的。现在出院，回家后恐怕病情会加重，这个你得考虑好啊。"

邓学芳的丈夫低着头，半天不说话，最后无奈地说："出院吧，开点儿药带回家吃，我在家照顾她吧。"

医生看他态度坚决，摇摇头叹了口气，问道："开多少钱的药啊？"

"先开60元钱的吧，吃完了我再来开。"邓学芳的丈夫迟疑了一下，低声说。他清楚自己口袋里还剩多少钱。

宋瑞与余金霞来到邓学芳家没有围墙的院子，走进空荡荡的屋子，看着靠在床上的邓学芳，心里很不是滋味。

夜里，宋瑞与余金霞躺在邓学芳特意为她们铺了新被子、新床单的床上，心里颇为感动。

"多朴实、多真诚的村民啊，家里一贫如洗，估计也就剩这两床新铺盖了。"余金霞说。

宋瑞点点头，没有说话。她在思考，如何让邓学芳家摆脱贫困。这才是她驻村的第一要务。

半夜里，两人被折磨醒了——身上刺痒钻心，好像浑身爬满了虫子。铺盖是新的，床和草垫却是旧的，长时间搁置不用，里边肯定藏有小虫子。

宋瑞和余金霞喷了一遍花露水，又在身上抹了风油精，稍稍缓解了刺痒。空气中充满了浓郁的花露水与风油精的气味，两人相互看了一眼，忍不住大笑起来。

"不光邓学芳两口子欢迎我们，连她家里的虫子都欢迎我们，不过这欢迎的形式也太热烈了吧，真是叫人印象深刻啊。"余金霞笑道。

"也许是我们太娇气了，还不适应这里的环境。"宋瑞边挠胳膊边说，"明天买瓶灭蚊虫的药喷喷，再把被褥、草垫搭到院子里晾晒一下就应该没事了。"

这么一折腾，俩人再也难以入睡，干脆坐起来聊起了工作。两个人的话题，永远离不开如何让更多的村民走进道德讲堂,扶起他们的心志,与贫穷做斗争……

宋瑞和余金霞住进了邓学芳家,邓学芳也就自觉地走进了道德讲堂。听了一段时间的课,邓学芳决定给自己换种活法——当别人都在观望时,她主动站出来,加入了志愿者队伍;听说要给老人包饺子,不管家里再忙,她都会赶过来搭手。她的身体也随着情绪的好转渐渐好起来,爱活动了,也有了精气神。

邓学芳说:"我心放宽了,家里的矛盾没有了,身体也好了。"

之前习惯躺在床上的邓学芳,逐渐不贪恋床了,每天都早早地起来,又是做饭,又是扫地,把屋子的角角落落都打扫得干干净净。宋瑞看她一连好几天都这样,不免有点儿担心,提醒她道:"邓大姐,您现在病还没好,适量干点儿活可以,可不能累着,得慢慢来。"

邓学芳拉着宋瑞和余金霞的手,兴奋地说:"宋书记、余部长,我是个农村人,这么点儿活哪儿能累着啊。听了这么多课,我明白了很多事理,真是惭愧啊。我认真地想了想,发现我不全是身体上的病,主要是心病。"

"你有啥心病呢?"宋瑞问道。

邓学芳叹了口气,说道:"唉,你说我以前怎么那么傻?我听了传统文化课才明白,自己一直都是糊里糊涂地活着,不知道该怎样才能把日子过好。以前自己爱钻牛角尖,每天晚上睡不着就胡思乱想,想想这个对我不好,那个对我不孝顺,越想越睡不着,越想越生气。白天,我也懒得下床,躺在床上继续纠结。一天到晚老想着这些不开心的事,越想越心烦,越心烦就越想,时间长了,不病才怪呢。"

听她这么说,宋瑞和余金霞都欣慰地笑了。

邓学芳又说:"我把这些话说给你俩听,也只有你们能理解我。我现在每天早上起来,把饭煮好,等孙子孙女老伴吃完,我就去村里跳广场舞,到道德讲堂学唱歌,一跳起来、唱起来啥烦恼都没有了,心里也亮堂了。你们看我现在,从早到晚开开心心、快快乐乐的,还能做义工,病也好了一大半,出院拿的那60元钱的药,还有一些在家里放着呢。"

余金霞一听吓坏了,劝道:"邓大姐,你不吃药可不行啊,糖尿病不能停药,你不吃药血糖控制不住,产生了并发症可不是闹着玩的。"

邓学芳不在乎地说:"没事没事,我这么长时间不吃药,一点儿事都没有,前段时间查了几次血糖,每次都正常,医生说我的糖尿病好了。"

宋瑞和余金霞很清楚,糊里糊涂地活着的村民在弯柳树村太多了。而像邓学芳一样通过学习传统文化,思想转变、恢复精气神、参加义务劳动使经年老病基本痊愈的村民,至少有十几个。

河南省电视台来村里采访邓学芳那天,她穿上了压在箱底的新衣服,堆满笑容的脸像绽放的花朵,洋溢着阳光般的温暖与幸福。

面对镜头，邓学芳说："其实也没啥好讲的，开始我就是冲着宋书记和余部长住在我家，看得起我，我听课学习、干活就不觉得累，吃苦也不觉得苦。我感到自己的生活有了希望，每天心里都暖烘烘的……"

后来宋瑞对我说："仔细想想，其实我们并没有做太多，对邓学芳，我们只不过是帮她平复了情绪，引导她参加了传统文化学习。"

宋瑞说，世界卫生组织近年来又对"健康"的指标做了新的诠释：除过以前的躯干健康、心理健康、社会适应能力强之外，又加上了一条道德健康。

关于道德，宋瑞依据传统文化这样解释：道，就是大自然的规律；德，则是按照大自然的规律去生活。

宋瑞、余金霞践行传统文化的使命与目标，正是帮助村民按照大自然的规律生活——一旦村民遵循了道德，便等于找到了幸福的密码，寻求到了心灵的栖息地，过上了快乐、幸福的日子。

8

"只有人心好了，民风淳朴了，弯柳树村这棵'梧桐树'才能引来金凤凰……"

弯柳树村村部的会议室里，宋瑞和村干部们正在热烈地讨论村里的产业发展。

会议室外的台阶上坐着一个眉头紧锁的人，他一会儿抬头看向天空,一会儿低头盯着地上,满腹心事的样子——这个人并不是弯柳树村的村民,而是八里岔乡的,名叫胡永泉,是专程来找宋瑞的。

会议结束后,宋瑞把胡永泉带到办公室,请他坐下,边给他倒水边关切地问:"孩子最近都好吧?"

胡永泉赶紧点点头说:"孩子都好,宋书记您就是我们全家的救命恩人,要不是当初您帮我找企业家捐助给孩子看病,孩子哪能去学校上学呢。"

宋瑞说:"永泉,谁都有难的时候,我们遇见了你,帮扶一把也是应该的。对了,你最近在企业里上班还习惯吧?工资够家里的开支吧?"

"嗯嗯,我上班也挺好的,家里一切都挺好的,您看您都帮了我这么多,这次来,我实在不好意思开这个口了。"胡永泉有点难为情地说。

"有啥事你只管说,别见外,只要能帮到你我一定竭尽全力。"宋瑞想以此打消胡永泉的顾虑。

胡永泉低下头,有点难为情地说:"宋书记,您知道,我为了给孩子看病花了几十万,这些钱大部分都是借的,孩子他妈觉得苦日子没法过,就丢下孩子跑了。幸亏有乡干部帮我轮流照顾孩子。后来我带着孩子来道德讲堂听课,您又联系企业家资助我,又帮我到企业上班,一个月有 3000 元的工资。您从头帮到尾,可是——"

胡永泉说到这里,又把话打住了,他有些不好意思,脸都红了。

"说吧永泉，别吞吞吐吐的。"

胡永泉嗫嚅道："宋书记——最近——我——谈了个——女朋友，春节前我们要结婚了。"

宋书记笑道："结婚是好事啊，是请我喝喜酒的吧，这有啥不好意思的，还绕那么大的圈子。"

"宋书记，她说要回村子结婚，可马上就到春节了，家里还啥都没有。"胡永泉终于说出了自己的难言之隐。

宋瑞爽快地说道："这没问题，到时候，我亲自带人给你们张罗婚礼。"

胡永泉感动得泣不成声，哽咽了半天说不出话来，最后对着宋瑞深深地鞠了一个躬。

为了张罗胡永泉的婚礼，宋瑞带着几位志愿者前前后后忙活了好几天。

息县城区有两个老上访户，十几年来一直在不停地上访，原因是他们认为政府对自己的事处理得不公平。

这两个上访户听说弯柳树村有个宋书记，给村民办了不少好事，处事公道。于是两个人就商量，把政府的处理意见让宋书记看看，看她怎么说。

两人一见到宋瑞，就迫不及待地说："宋书记，好多人都说您是好人，主持公道，我俩今天来呢，就是想让您给评评理，看看政府的处理到底公平不公平。"

宋瑞先安抚两人的情绪，然后认真地看起了处理文件。

她反复看了几遍后，用平和的语气对两人说："我认为，政府对你们的处理没有什么不对，是公平的啊。"

两人顿时一怔，对视了一下，没有说话。

宋瑞便耐心地从国家政策角度给他们详细解释了一番，他们虽然没有跟宋瑞争执，但最后表示还是想不通。宋瑞清楚，他们是钻进牛角尖转不过弯来了。

宋瑞没有再去说服他们，而是说："我邀请你们来弯柳树村道德讲堂听课，好不好？"

他们当时并没有表态，但脸上的表情平和了很多。

后来，这两个上访户还真的到弯柳树村道德讲堂听课了，而且一连听了好几次。

在一次县委书记接访日，他们去找了县委书记，其中一个上访户说："书记，我早都该来找您了。"

县委书记说："有什么事慢慢说，我会尽量帮您解决困难。"

"前几天我们去弯柳树村，见到了宋瑞书记，她看了政府的处理意见，说政府处理的是对的，是公平的，我们回家之后，反复地想，也觉得政府处理得没错。"

县委书记疑惑地问："那你们还有什么要求呢？"

另一位上访户赶忙说："我们没啥要求了，今天来就是告诉您，以后我们再也不上访了。"

县委书记点点头，他知道是优秀传统文化打开了他们的心结，让迷失的灵魂从困惑中走出来，走向美好、安康、祥和。

以"孝悌忠信礼义廉耻""仁爱和平""敬天爱人,天人合一""崇德向善""德本财末"等为核心的中华优秀传统文化,是中华先祖留给后世子孙的巨大智慧和财富,其浅显易懂的理念和切实可行的方法,相隔2500多年的时间跨度,今天仍然是拿来即可用,用之即见效。

信阳市委常委、政法委书记王乐新到弯柳树村参观后,专门给息县县委主要领导发了一条信息:"前天我去弯柳树村很受鼓舞、很受启发。村里搞道德教育时间不长,但效果真不错。不仅是村容村貌变了,更重要的是人们的精气神在变。婆媳关系好了,邻里和睦了,社会和谐了,少了矛盾和纠纷。息县是否考虑一下如何复制和推广这一实践经验?如果息县每一个乡镇都有一个弯柳树村,那将会是一个什么样的局面?"

弯柳树村的实践经验,被写入了《2015年息县政府工作报告》中,并向全县推广——学习推广路口乡弯柳树村经验,引入社会主义核心价值观和传统文化教育,建设一批民富村美、崇德向善、生态宜居的美丽乡村。

2016年9月9日,秋风拂面,气爽宜人。由河南省儒学文化促进会主办、息县文广新局承办的河南省德孝文化示范村建设经验交流会在弯柳树村召开。

此时,弯柳树村的"孝爱客房"已经全面推行,年收入最高的家庭达到3万多元,户平均增收3000多元。这不仅创新了村民的收入渠道,也开辟了一条文化乡村游的致富之路。

走进弯柳树村,平整洁净的水泥道路,错落有致的农家小院,摇曳生姿的纤纤垂柳,清澈碧绿的生态池塘。内容丰富的文化墙上,贴满了德孝宣传标语和孝亲模范事迹。大家边走边看边听,纷纷拿出手机、相机进行拍摄,记录下一幅幅美丽的画面及一个个精彩的瞬间。

与会人员走在村头巷尾,参观德孝文化建设成果,观看文艺歌舞表演;走进村民家中,询问交流,感受德孝文化滋润下人们的精神风貌。

与会人员了解到,学习传统文化后,淳朴、厚道、友善等优秀品质又重新回到弯柳树村村民的身上,不少村民重塑了价值观,改变了懒散消极的生活态度,致富的路子逐渐清晰,干事创业的精气神被充分调动起来。

扶贫先扶心——弯柳树村抓住德孝文化,把这种文化植根于群众的思想和生活之中,让老百姓的思想得到升华。如今,这种做法结出了硕果,村民的生活发生了翻天覆地的变化。

交流会上,河南省儒学文化促进会创会副会长张富群说:"看了弯柳树村,收获很多,感悟也很多。在这里召开经验交流会,就是为了共同分享践行儒学文化的新成果。弯柳树村用孝道引领带动村民道德教育,通过诵读儒家经典,学孝道、树孝风、定孝制、评孝子,以'孝爱''感恩'为载体带动各项工作,探索出村民自治和基层党组织建设的新模式,使得村庄好人好事层出不穷,行德尽孝蔚然成风,党群关系暖意融融,成为闻名省内外的先进村,这些都值得很好地学习和推广。我们将进一步弘扬中华优秀传统文化,把弯柳树村的这种做法推广到全省,让'弯柳树模式'在全省各地开花结果,让德孝文化落地生根,深深根植于广大人民群众之中,更好地推动各地社会和谐、社会文明建设。"

河南省儒学文化促进会洛阳分会创会副会长兼秘书长魏存育说:"我一定把弯柳树村的好经验、好做法带回去,让德孝文化在我们那里发扬光大。"

在这次交流会上,弯柳树村被授予"河南省弘扬德孝文化示范新村"荣誉称号。

第五章 华丽"蜕变"

　　坚持全民行动、干部带头，从家庭做起，从娃娃抓起。深入挖掘中华优秀传统文化蕴含的思想观念、人文精神、道德规范，结合时代要求继承创新，让中华文化展现出永久魅力和时代风采。

——摘自党的十九大报告

1

　　全国各大媒体对弯柳树村的重大变化进行报道之后，引来了全国各界人士的参观学习。为了介绍、展示学习传统文化取得的成果和村民们的精神风貌，宋瑞决定在留守老人艺术团的基础上组建弯柳树村德孝歌舞团，把村里感人的故事以文艺节目的形式呈现出来。这样，一方面继续保持老人们唱起来、跳起来的文化生活，为老人们提供一个自娱自乐的平台。另一方面，选拔身体好、表演突出的演员，创作、排练优秀节目，使节目、表演水平有更大的提升。

　　从留守老人艺术团到德孝歌舞团，宋瑞的这一举措堪称弯柳树村传统文化教育的点睛之笔。而歌舞，成了带动弯柳树村崛起的新引擎。

《孝经》中说："教民亲爱，莫善于孝；教民礼顺，莫善于悌；移风易俗，莫善于乐。"意思是说，教化人们相亲相爱，没有比孝道再好的了；教化人们礼让和谐，没有比提倡兄弟姊妹互相友爱更好的了；而要想转移社会风气与民间习俗，没有比音乐的形式更好的了。《乐记》中也说："乐者，德之华也。"即音乐是道德提升的精华。

在传统文化教育开展之初，宋瑞就让大家学唱爱国爱家、友爱亲情的歌曲，紧接着又成立了留守老人歌舞团。为了教老人们跳舞，2014年春节后，宋瑞请来了一对辽宁的母女：母亲叫闫宝凤，做了多年的义工；女儿叫邱白，二十来岁，能歌善舞，她们来时还带着音响。

每天晚饭后，母女俩都会拉着音响来到新农村小区的小广场，在《咱爹咱娘》《婆婆也是妈》等弘扬中华民族传统美德的歌曲中，一个动作一个动作地分解开来教，大家一招一式地跟着学。学习的过程，有快乐也有艰辛与汗水。有的老人学习了一晚上，几个简单的动作都跳不到位；有的老人有腰腿疼痛的毛病，练习起来吃尽了苦头……

但歌舞带来的愉悦太令人陶醉了，老人们都心甘情愿，学起来都非常用心。闫宝凤、邱白母女二人把弯柳树村的跳舞热推向了高潮，学跳舞的村民从最初的几个人一下子增加到六七十人。大家越跳越上瘾，三伏天高温下，即使汗流浃背也要跳舞，有的人还自己买了播放机，没事了就打开音乐跳起来。村里的一些老头、孩子，看着老太太们跳舞眼热得不行，忍不住也跟在后面扭动起来。

学习了一段时间后，留守老人艺术团先在村里举办了几场演出，赢得了村民们热烈的掌声。村民们的积极性更高了，进步也更快了。特别是那些原来腰腿疼的老人，跳着跳着就好了。

村民许兰身体条件不错，在跳舞方面有天赋，悟性很高，学得非常快。但她思想有点儿保守。刚学跳舞时，扭扭捏捏的，动作放不开——因为她内心对唱歌、跳舞有成见，以为整天唱歌、跳舞的都不是正派人。后来，她看到村里举办的几场演出中，一些老太太自学、自编的歌曲也能登上舞台并获得好评，她才逐渐消除了对唱歌、跳舞的偏见，思想也慢慢放开了，跳得越来越好，还成了领舞。不仅如此，许兰还能改编、编排舞蹈，根据音乐创作舞蹈节目。

许兰家开了一个小超市，白天，她经营自己的生意。晚上，准备好音响，领着一帮年轻人跳自编的圣贤舞，还教老年人跳广场舞。

平时接到任务，许兰先自己跟着视频学，然后再根据自己的理解，对原舞蹈进行大胆改编，再手把手地教给大家。许兰对舞蹈的热爱和对团队的付出，使她成为弯柳树村孝心舞蹈队的"核心"，被人家推举为队长。

许兰不负众望，带领孝心舞蹈队，以《五星红旗》《没有共产党就没有新中国》《婆婆也是妈》《丈夫你辛苦了》等歌曲为音乐，编排了不少优秀舞蹈节目，撑起了德孝歌舞团的"半边天"，并代表德孝歌舞团，走出息县，走出河南，在全国各地的舞台上表演由他们创作的舞蹈《家乡的小河》《谢谢你》《春耕图》《中华民族》等，舞台上下都传递着满满的正能量。一曲曲歌舞，反映了被传统文化滋润的乡村礼让和睦、积极向上的淳朴民风，呈现了广大农民渴望过上美好生活的心愿。

因为要克服家务、农活的繁重，还得应付演出次数多、时间不固定等问题，孝心舞蹈队的大姑娘小媳妇及大婶大妈们，人人都练就了"下得了秧田，登得了舞台""走出稻田脚未洗，穿上服装亮全场"的本事。

村里除了"专业"的歌舞团队，还有大批村民加入了唱歌、跳舞的"业余"队伍。每天早、晚，不用通知大家就自觉地来到小广场上学习唱歌、跳舞。甚至许多原来在大家眼中不苟言笑、笨手笨脚的人也学得有模有样，有的都能上台表演了。一些村民还表现出惊人的艺术天赋，根据老歌或民歌曲调，自编歌词，创作了不少歌曲，热情抒发对党和政府的感恩之情，以及对村里的变化与生活方式改变的赞美。

不识字的邓学芳，学习传统文化后，心里有好多话要表达，就以民歌的形式来抒发，高兴的时候自己哼唱。一位志愿者无意间听到后，认为她编得很好，就记录了下来——

东方出了红太阳

手拿锄头心向党

要问我为啥干劲大

习主席领我们圆梦想

东方出了红太阳

手拿书本心向党

要问我学习为了啥

要把传统文化记心上

东方出了红太阳

中国有了共产党

要问我国家有多好

咱农民种地不交粮

这首《手拿锄头心向党》，让邓学芳成为弯柳树村的名人。她说，她自己编词在心里哼唱过很多歌曲，只是没有记录下来。

邓学芳自编自唱歌曲，引爆了弯柳树村中老年妇女创作歌曲的热情。

老支书陈文明的妻子、年过七旬的李桂兰，根据歌曲《南泥湾》的曲调，改编了一首《弯柳树之歌》——

往年的弯柳树

垃圾堆成山

堆呀成山

来了好领导

同吃同住一起干

一呀起干

不怕苦不怕累

不怕脏不怕怨

永远走在前

是我们的好模范

今年的弯柳树

与往年不一般

不呀一般

绿树成荫水也蓝

日子比蜜甜

比呀蜜甜

又学习又劳动

又唱歌又跳舞

遍地是歌声

到处是笑脸

这首歌很快在弯柳树村唱响,并成为全村传唱最多的歌曲之一。

而赵忠珍则编了一首《学习传统文化真是好》,并多次在舞台上演唱。

许兰珍也不甘示弱，编了一首《夸亲家》。

……………

这些歌曲，虽没有华丽的辞藻，没有高难度的曲调，简单易懂，真诚朴实，却有着《诗经》般的亲民真情与民间韵味，唱出了老百姓朴素的心声，唱出了村民们的精气神和欣喜之情。

每每看到舞台上能歌能舞的女同胞们，宋瑞有一种说不出的感动。这些日复一日、年复一年在地里劳作、围着锅台转，很多时候连话都说不明白的农村妇女，竟然都成了舞台上的"演员"。而她们，因了这歌舞，以往单调无味的生活，变得充满了欢乐与幸福。

歌舞不仅为村民们带来了丰富的精神享受，也吸引着那些曾经沉溺于酒场、牌桌的村民把注意力转移到广场上，远离赌博、酗酒。而歌舞之风，让弯柳树村实现了移风易俗，开始了"早上唱着过、晚上跳着过"的欢乐生活。

宋瑞还别出心裁地组织不拘形式的演讲活动，让转变较大的村民现身说法，谈自己学习传统文化的感受。如，许兰珍以《从赌博队长到义工团长》为题，分享了自己内心变化的历程与对孝道的感悟，村民们受到很大的震动，效果非常好。

2

2014 年 7 月 1 日，当晚霞隐去，夜幕徐徐拉开，弯柳树村孝道文化广场的灯光次第亮起。一阵激情澎湃的欢快锣鼓之后，十几位妇女走上舞台，随着音乐的响起，《唱支山歌给党听》的歌声在豫南水乡的夜空上飘荡——弯柳树村庆"七一"文艺晚会正式进入主题篇章。

《我和我的祖国》《中华民族》《歌唱焦裕禄》等歌曲在村民们的深情演唱中响彻云霄。李桂兰、彭兰芳等村民自编自唱的《弯柳树之歌》《手拿锄头心向党》等歌曲虽然是清唱，但依然赢得了大家的掌声。尤其亮眼的是几十名少儿齐声诵读《弟子规》，稚嫩的童声纯净而甜美，入耳入心……

晚会没有豪华的演员阵容，没有专业演员的水平——所有的演员及主持人都是从村民中选出来的，他们用一颗颗朴实火热的心，表达着对幸福生活的向往，彰显了新时代、新农民的风采与气魄。

晚会更没有专业的舞台音效与灯光——扩音器、话筒等演出设备都是村民和义工借来或自己出钱购买的，但现场的气氛一点儿也不比专业的演出逊色。一浪高过一浪的欢呼与掌声不断划过夜空，这个沉寂多年的省级贫困村第一次如此欢腾而热烈——村民们以娱乐的形式，歌颂党的丰功伟绩，诠释他们对美好未来的憧憬与渴盼。

这场朴实而真挚的"七一"庆典，吸引了本村及邻村300多人前来观看——这也是弯柳树村歌舞节目的第一次亮相演出——那时候，弯柳树村还没有组建德孝歌舞团，表演节目的演员，一部分来自留守老人艺术团，一部分来自爱心舞蹈队。

当晚会在全体党员合唱《没有共产党就没有新中国》的歌声中结束的时候，为筹备这场晚会忙碌了好多天的宋瑞，露出了幸福的笑容。

去年"七一"前，宋瑞挨个给村里的每位党员说要举办庆祝活动，大家表现出来的漠不关心让她吃惊，她费尽口舌给每个人讲活动的必要性，但没有几个人把她的话当回事。最终因为只有两名党员到场，连全体党员聚在一起举行个座谈会都没办成。党员如此涣散，根本做不成任何事情，更别说打赢脱贫攻坚战了。这件事让宋瑞意识到加强村级党组织建设的重要性。

仅仅过了一年，弯柳树村全体党员与广大村民就给了宋瑞莫大的惊喜。从那场晚会上，人们不仅看到了传统文化滋润下的弯柳树村村民超凡的才艺，也让他们能歌善舞的名声在全县迅速传开。

2015年2月11日，农历小年的晚上，息县"德孝在我家·农民迎新春联欢晚会"在县三高会堂进行。观众席上，坐着息县县委、县人大、县政府、县政协等单位的领导和来自全县23个乡镇(办事处)的相关负责人、村干部、企业家代表、基层党校教员培训班学员等各界人士，以及特邀嘉宾中央电视台《乡村大世界》栏目组的主创人员、中央党校"党的建设重大课题组"的核心专家、河南电视台"新农村频道"的主创人员等。

这台晚会的承办方是弯柳树村德孝歌舞团,节目全部由村民自创、自唱、自演,演员有上至六十八岁的大妈,下至二十多岁的女青年。这场感人至深的晚会,淋漓尽致地把弯柳树村的蜕变历程和幸福生活展现给了全县人民。

　　在悠扬的音乐中,弯柳树村德孝义工团的20多名代表走上舞台,展示风采,开启了晚会之序篇。整台晚会共分为五个篇章,除序篇外,还有学习篇、觉醒篇、改变篇、发展篇四个篇章,既有歌舞,又有演讲,精彩纷呈。

　　无论是身着汉服的演员表演的《礼》《游子吟》等古典舞蹈,还是颇具时代感的《家乡的小河》《快乐春耕舞》等现代舞,抑或是形式独特的《生命之河》《婆婆也是妈》《谢谢你》等手语舞,都从内而外地呈现出幸福的喜悦,洋溢着自信和力量,让观众们对这个村级歌舞团刮目相看,他们毫不吝惜自己的掌声。

　　尤其是村民讲述自身变化和切身体会的演讲,给观众带来了更多的震撼。许兰珍讲述的是《从"赌博队长"到义工团长》,赵秀英讲述的是《我的肾病综合征是怎样好起来的》,赵忠珍讲述的是《传统文化学习让我瘫痪的丈夫站起来》,李红讲讲述的是《孝道文化让我收获了幸福人生》……朴实无华的语言,娓娓道来的倾诉,说到动情处或流泪,乃至哽咽。

　　如此走心的演讲,绝大多数观众还是第一次听到。跟随着讲述者的情感,观众们沉浸其中,时不时地抹去脸上的泪珠。

　　临近结束时,晚会被热情激昂的观众推向高潮。不知道谁高唱了一句"没有共产党就没有新中国",顿时,全场观众一起跟着唱,《没有共产党就没有新中国》的声浪涌出会堂,传到很远很远的地方……

3

2015 年 2 月 8 日上午 8 时 45 分,《中华孝心示范村——弯柳树村》专题报道在《金色梦舞台》准时开播,长达 35 分钟。《金色梦舞台》是由河南省敬老助老总会与河南卫视联合打造的大型道德建设类栏目,以尊老敬老为主旨,传播好家风、好家道,传播健康生活理念和健康常识,传递正能量的一档节目。弯柳树村德孝歌舞团的演员们,从村里走到县里,这下子走到了省里。

节目一开始,弯柳树村老中青三代妇女演员共唱《弯柳树村之歌》。

邓学芳在节目中演唱了自编歌曲《手拿锄头心向党》。

面对镜头,接受采访的村民一个个都成了能说会道的"思想家"——

老支书陈文明说:"现在的弯柳树村卫生也好了,群众的精神面貌也好了,真正是天天唱着过,跳着过,笑着过。有一句话说得好,弯柳树从来没有像今天那么好的风气。"

许兰珍说:"我今年六十五岁了,还能够给九十七岁的老母亲洗脚,我觉得这本身就是一种幸福。我也坚持初一、十五给老人包饺子。"

焦艳说:"我以前不知道怎样去孝敬我妈,想着让我妈吃好住好,就算是尽孝了。经过学习了传统文化之后,我才知道,多陪陪她,陪她聊天,帮她洗洗刷刷。以前好打牌,现在不打了,有时间多去我妈那里陪陪她,聊聊学习传统文化的心得体会。"

赵秀英说:"在没有学习传统文化之前,我和我老公整天打打闹闹,没有过过一天平静日子,为啥呢?因为我老公好打牌,好喝酒。他的牌瘾特别大,只要有5分钟时间,他都要出去捞一把。农村家庭生活非常复杂,要照顾孩子,还要喂牛。老公不帮我做家务,天天在外边喝酒打牌,他回到家我肯定要跟他吵,吵翻了我就回娘家,我走他也走,孩子在家里,谁也不管了。我的身体也不好,家里的钱都让我花干花净了,亲戚邻居能借的都借了,那时候的日子是真苦。学习了传统文化,我丈夫就像换了一个人,牌也不打了,酒也不喝了,真是脱胎换骨了。"

余金霞也来到了节目现场,她说:"弯柳树村只是一个普普通通的村庄,通过学习优秀传统文化,村民们有了心念天下、心念国家的大胸怀。面对成绩,我们有很大的压力。社会主义核心价值观,传统文化的弘扬和践行,我们才刚刚开始,永远不会结束,永远在路上。修己安人,要先从自己的心开始,心静了,心平了,心善了,心好了,世界就会随之改变,所以先把心路走通,这是非常重要的。而且我们说道路道路,先闻其道,再闻其路,要想走好这条路,先闻其道,后走其路,那么这条路就会走得非常好。"

节目特邀评论员、全国老龄产业协会副会长张凯悌先生点评说:"刚才村民讲述学习传统文化后发生巨大改变的故事,给我们的启发是什么呢? 就是我们不管再穷、再苦,不能没有精神,但是我们的精神从哪里来? 就是要加强村民传统文化的学习,加强村民情操的提炼。坦率地说,对于弯柳树村这样一个精神面貌的改变,我感到很惊讶,但是我又感觉到这是一个必然。我们把心的问题解决了,其他的问题就都好解决了,人还是那些人,山还是那些山,水还是那些水,心齐泰山移。现在只是刚刚开始,同时我也特别祝愿弯柳树村把这条路走下去,永远走下去。"

特邀评论员、曾担任过河南省新闻出版局局长等职务的詹玉荣女士说:"弯柳树村以德孝开路,以孝亲为核心,我认为这是最应该点赞的地方。我感受最大的是,传统文化的威力可真大,所以我希望弯柳树村这样好的风气,继续发扬光大,使我们的乡风更文明,村容更整洁,大家的生活更美满和谐。"

最后,节目主持人总结说:"息县弯柳树村通过学习传统文化,发生了很大的改变,传统文化帮助村民找到了正确的人生观和价值观,价值观统一了,矛盾自然就少了,家庭也就和谐了,农村也就和谐了,整个社会也就和谐了。"

通过《金色梦舞台》,弯柳树村的故事在全国引起广泛关注。

中华慈善总会荣誉副会长、湖北铭日公司董事长蔡光胜先生看过节目后很激动，并通过河南电视台联系到了弯柳树村。

2015年3月，蔡光胜先生把弯柳树村德孝歌舞团请到了他的老家——河南省长垣县佘家镇东郝村。

蔡光胜先生是一位从农村走出来的企业家，幼年家庭贫困，创业成功后，饮水思源，知恩图报，由一名成功的企业家向慈善家升华，致力于教育和公益事业，2010年1月发起中华德源希望基金，以贫困地区教育领域作为捐救重点。多年来，他一贯秉承着一个行为守则：在办慈善项目的地区，从来不进行商业活动。

弯柳树村德孝歌舞团的爱心演出，不仅令东郝村村民感动，也给了他们很大启发。

2017年母亲节的前一天下午，河南省庆祝母亲节的文艺晚会现场——郑州国贸大厦的演播厅里灯火辉煌，欢歌笑语，弥漫着浓浓的亲情。

在舞台一侧的等候区，弯柳树村德孝歌舞团的演员们正在做上台前的准备。

两年前，弯柳树村德孝歌舞团就曾受邀来郑州参加河南省母亲节文艺晚会，以真诚的歌舞与质朴走心的故事深深打动过省会人民。

宋瑞跑前跑后，一会叮嘱许兰："等会出场的时候，要站好位置,尽量朝舞台前边靠点。你是领舞,大家都是跟着你的动作走。"

许兰认真地听着,不住地点头。

转过身,宋瑞又对许兰珍说:"等会演讲的时候,就跟在村里一样,在村里怎么讲,在这儿就怎么讲,说得慢点,不要紧张。"

…………

下一个节目就轮到弯柳树村的演员们上场了,大家静静地站在舞台一侧的幕布后,等待着主持人报幕。

台上的演员下场,主持人上场报幕。

"下一个节目是《婆婆也是妈》,表演者是我们节目组特邀的河南省息县路口乡弯柳树村德孝歌舞团的农民演员,他们虽然没有经受过专业的表演训练,但每个人都捧着一颗真诚的心。下面有请他们——"

舞台上,弯柳树村德孝歌舞团的演员们没有一丝的怯场,从容镇定,非常投入。台下鸦雀无声。节目到了高潮部分,饰演婆婆和女儿的演员因为感情完全投入,忘记了是在表演,泪水涌流。观众们被她们的真情打动,台下一片抽泣声。

节目结束了,演播大厅随着灯光亮起而陷入了沉静。突然,掌声如雷鸣般响起,经久不息。

躲在后台的宋瑞眼含热泪,也忘情地鼓起掌来。

演员们一下场,宋瑞就迎上去与每个人拥抱,大家沉浸在演出成功的喜悦中。

宋瑞先让大家休息，自己又去安排车、食宿等事宜。等一切都安排妥当，她才坐下来休息，给家人打了个电话。只顾忙，来到郑州还没顾上给家人说一声呢。

　　这时候，宋瑞看见赵秀英满脸的愁绪，似乎有什么心事。一问才知道：原来赵秀英的老伴打来电话，说他与人约好明天一早外出打工，可他一走上小学的孙子就没人照顾了，问赵秀英晚上能不能回去。宋瑞立即安排，一边让人帮赵秀英订高铁票，一边联系司机送她去高铁站，又联系下高铁后接她回村的车。赵秀英临走时抓住宋瑞的手，眼含泪水地说："宋书记天天为村里忙，我还给您添乱，让您操心……"

　　"这怎么叫添乱，孩子的事是大事，你快走吧，到家了给我发个信息。"

　　那次演出，让赵秀英成了"明星"。几天后的一天，赵秀英吃完早饭刚收拾停当，手机响了。

　　谁在这会儿打电话呢？老伴、儿子、儿媳都在外打工，到了晚上才有空打电话。

　　赵秀英赶紧掏出手机，一看号码是娘家侄女打来的。

　　"姑姑，你现在可成了大明星了。"

　　"什么大明星？"赵秀英有点儿纳闷。

　　"姑姑，您还不知道啊，网上到处都是你们表演节目的视频，我无意间看到，还以为谁长得这么像姑姑呢，可一听声音，就是您啊。姑姑，你讲得真好。"

　　"啥好呢，姑姑演得不好，净说些大实话……"赵秀英嘴里这么说,可脸上早已笑成了一朵花,心里美极了。

自己表演的节目这么快就传到网上了,是不是所有上网的人都会看到?要是都能看到,我演得不好,可就给村里丢人了。回头让村里会上网的人帮我搜搜看看。

赵秀英自从参加了弯柳树村德孝歌舞团,平时没事了不是和大家聚在一起说节目就是排练。尤其是近两年来,德孝歌舞团外出演出越来越多,不光在息县演出,还多次到焦作、濮阳、驻马店、南阳等地演出,甚至还到北京、重庆等地演出过。

赵秀英整天唱着跳着,忙得不亦乐乎。提起演出的事,她很开心,也很知足。她说,趁去外地演出的机会还能看看外面的世界,村里还适当给每位演员补助。放在以前,哪有这样的好事呢。

4

2016 年初春的一个早上,弯柳树村文化广场上的 LED 大屏幕播放着歌曲《不知该怎么称呼你》——

不知该怎么称呼你

你千里万里来到苗寨里

不知该怎么称呼你

你风里雨里走进　走进我家里

摸铺盖哦咿耶

看米缸哦咿耶

一条松木板凳连着我和你　哦咿耶

我在你心里

你在我心里

你爱我们老百姓

我们老百姓深深地爱你

爱你　爱你

不知该怎么称呼你

你把我的手握在手心里

不知该怎么称呼你

你把我的事装进　装进你心里

拉家常哦咿耶

细叮咛哦咿耶

一句精准扶贫暖透我心里　哦咿耶

我在你心里

你在我心里

你爱我们老百姓

我们老百姓深深地爱你

爱你　爱你

…………

　　　　　　　　　　　润物细无声

歌曲之后,播放的是这首歌的创作背景——习近平总书记到湖南省花垣县十八洞村走访时的情形。

　　2013年11月3日,习近平总书记在十八洞村走访时,走进贫困户苗族大妈石爬专家中。因为家里没有电视,石爬专认不得总书记,就问:"您是?该怎么称呼您?"

　　习总书记回答:"我是人民的勤务兵。"他还叫六十四岁的石爬专为大姐。这一细节,正是《不知该怎么称呼你》开头所唱。

　　有评论称,《不知该怎么称呼你》这首歌,用最直白的语言和最深情的旋律,表达了苗族乡亲最质朴的感情,唱出了老百姓心灵深处的声音,表达了习总书记与老百姓坐在同一条松木板凳上"我在你心里,你在我心里"的深情。更唱出了老百姓走在脱贫致富路上的幸福笑脸,唱出了老百姓对党的优良作风又回来了的真诚赞许,唱出了老百姓发自内心感恩共产党的满满的正能量。

　　正如一家媒体在评论中写道:"国家的历史,其实就是13亿中国人的家庭史、心灵史。而历史总会记住一些打动人心的细节。"

　　这首由湖南籍歌手、央视大型歌唱比赛《寻找刘三姐》全国总冠军李思宇领唱,由"五十六朵花"组合合唱、伴舞的歌曲,在2016年2月2日湖南卫视小年夜春晚上一经唱出,就被网友称为"最暖心的春晚歌曲",并迅速走红大江南北,唱响中华大地。

有文章这样写道："这首歌,从新春的'网红'到全国两会的'热议',从'草根'到'高官',从湖南到北京,在高铁上、在会议上,在网络上、在电视里,唱的、议的都是它,获得点赞好评。截至 2016 年 3 月 10 日,这首歌在全国的网络总点击量已经突破 10 亿次。"

弯柳树村村民也喜爱这首歌,男女老幼聚集在 LED 大屏幕前,仔细听,认真看,动听的歌声随着画面流淌,如涓涓细流浸润着每一个人的心田。屏幕上,李思宇在唱;屏幕下,村民们一遍一遍地学。广场上响起男女老幼的大合唱。很快,《不知该怎么称呼你》在弯柳树村流行开来,人们走路哼唱的都是这首歌。

有的老人只会小声哼着曲调,却不敢大声唱,宋瑞就鼓励说:"要唱就放开声唱出来,这样才更好听。"

一位年近八旬的老先生说:"宋书记,我这一辈子都没唱过歌,心里知道这个调调,哼哼还可以,一唱出来就跑调。"

宋瑞说:"跑调怕啥,熟能生巧。只要心里有那个调,唱得遍多了,自然就不跑调了。"

老先生说:"那我试试。"

宋瑞说:"要相信自己能唱好。"

于是,这位从来不敢唱歌的老先生,放声唱起《不知该怎么称呼你》,沧桑、浑厚的男声融入村民的合唱,显得更加丰富。

弯柳树村德孝歌舞团还把这首歌从屏幕上搬到了舞台上,四处演唱。主唱是焦艳,领舞是许兰,伴舞则是爱心舞蹈队——村级歌舞团的阵容自然无法与湖南卫视演唱团队相比,但她们真情的表演一样迷人。

文艺的芳华在弯柳树村村民的心中绽放。有人说,习总书记虽然没有到咱弯柳树村来,但组织上给我们村派来了一个宋瑞这样的好书记。

村民李珉听了《不知该怎么称呼你》这首歌后,深受启发,便以宋瑞的故事写出一个音乐快板剧《夸书记》——

　　竹板响,迈大步,
　　唱唱咱息县的弯柳树。
　　弯柳树历史特丰厚,
　　一草一木都有典故。
　　今天不把别的表,
　　夸一夸宋瑞书记来入驻。
　　…………

2017 年 11 月 22 日,对弯柳树村德孝歌舞团来说,是一个喜庆的日子,也是一个里程碑式的日子,更是一个令大家难忘的日子。

一大早,弯柳树村文化广场上便热闹起来,大喇叭里播放着喜庆的音乐,男女老幼的脸上洋溢着喜悦之情。大家忍不住议论开了——

"听说一家公司给咱捐送一辆舞台车，以后去外边演出就方便多了。"

"是啊，再不愁出门拉道具搭舞台了。"

"听说还有一辆专门拉人的大巴车，再不用坐在货车上风刮日晒了。"

"啧啧，这装备真是赶上专业歌舞团了。"

…………

河南省扶贫办、河南省调查总队的领导来了，信阳市扶贫办、信阳市调查队的领导来了，息县包括县委书记在内的领导也来了。当然还有今天的主角——白象集团董事长姚忠良先生，他为弯柳树村带来了100多万元的礼物。

在喜庆的鞭炮声和村民们热情的掌声中，姚忠良把一块写着捐赠物品（舞台车一辆、宇通大巴车一辆、灯光音响一套）的红色牌子递到汪学华手里。

一向信奉"食泽民众，业润社会"的姚忠良，在企业做大之后非常重视慈善事业，并开始关注传统文化。当他从媒体上看到弯柳树村践行传统文化的故事之后，希望能帮助弯柳树村德孝歌舞团更便捷地把自编自演的节目送到更多、更远的贫困村，以亲身经历和感受影响和带动更多的贫困户立志、脱贫致富，于是也就有了这次的捐助。

有了舞台车、专业灯光音响等现代化的演出设备，德孝歌舞团如虎添翼，飞得更高、更远，成为一支活跃在中原大地,推动精准脱贫、助力乡村振兴的文艺宣传队,展现了当代农民的新气象新风貌,唱响了传统文化的正能量。

弯柳树村德孝歌舞团的名声越来越大,商演的邀请也络绎不绝。为了满足日益增加的演出需求,保证演出人才的连续性与良性发展,弯柳树村组建了德孝歌舞团二队,不断吸收、带动培养年轻人,使这支团队更加有活力。

而参加表演的村民,不但愉悦了身心,历练了自己,还增加了一份不菲的收入。

5

2015 年 7 月 9 日,河南省调查总队联合息县路口乡,精心组织县、乡党员代表及在家的全体党员,举办了"我为党旗添光彩"的文艺晚会。党员代表们与村民欢聚一堂,怀着感恩的心情,共同庆祝党的生日。

节目最后,全体党员起立,紧握右拳,面对鲜艳的党旗重温入党誓词——

我志愿加入中国共产党,拥护党的纲领,遵守党的章程,履行党员义务,执行党的决定……

宣誓完毕,在雷鸣般的掌声中,党员和领导干部在党旗上写下"忠于党,忠于祖国,全心全意服务人民""全心全意服务村民"等语句,以及自己的名字。

这场晚会是宋瑞主持的。对她来说,倘若不是确定继续留在弯柳树村,这将是她参加的最后一场晚会——她的第一轮扶贫再过一个月就到期了。

近段时间,宋瑞一直在思考,党的十八大提出了到2020年全面建成小康社会,而实现这个目标的难点在农村。农村实现不了小康,何谈全面小康?

此时,宋瑞已经不再困惑,不再纠结,她决心留下来。弯柳树村需要她,乡亲们需要她。在弯柳树村扶贫的这3年,她体会到了浓浓的乡情,找到了寄托乡愁的心灵栖息地。每每想到离开,她心里就会蹦出许多牵绊,涌出莫名的不舍。

组织上批准宋瑞留下后,她就告诫自己,不能满足于前期取得的成绩,弯柳树村还没有真正脱贫,下一步要把精力放在产业发展上,继续做大做强弯柳树村的德孝文化培训和乡村游、生态农业,带领乡亲们真正脱贫致富,朝着小康社会的目标迈进。

2015年8月27日,宋瑞的第二轮驻村帮扶正式开始,河南省调查总队队长贾志鹏等人把宋瑞送到弯柳树村。余金霞代表息县县委赶到村里,与路口乡有关领导一起迎接宋瑞再次上岗。

这天晚上,弯柳树村德孝歌舞团专门举行了一场欢迎演出。看着舞台上能歌善舞的村民,宋瑞不禁又想起她们一步一步走过来的曲折历程,既欣慰又感动。

进入第二轮驻村帮扶后,宋瑞卸任了息县政府党组副书记,也不再负责全县传统文化推广工作,而是专门担任驻弯柳树村党支部第一书记。上级组织对弯柳树村扶贫工作也提出了要求:在接下来的两年中,弯柳树村必须实现完全脱贫。这意味着,下一步的驻村工作将由以化育人心为主的"扶心扶志"转向"以德聚财,以德兴村"为主的产业扶贫。

至2015年底,宋瑞的"娘家"——河南省调查总队争取扶贫资金216万元,修筑公路5.1公里,解决了弯柳树村村民出行难问题;同时争取资金230万元,用于弯柳树村小学危房改造。以前洽谈好合作的几家企业,均已签订合作协议,有的项目已经落实到位,有的正在紧锣密鼓的准备中。

2016年,宋瑞荣获"河南十大年度扶贫人物",媒体发布的事迹介绍中如此评价:宋瑞同志在一线实践中探索创新扶贫工作新路径,提出"扶贫重在扶心扶志",在村建"道德讲堂",从"立足中华优秀传统文化,培育社会主义核心价值观"入手,以孝道和道德教育为切入点,净化人心,唱响基层爱党爱国爱家正能量,改变了村风民风。带领弯柳树村走出了一条"德是本,财是末"的道德经济致富之路,组织村民先后成立了息县弯柳树村孝爱文化传播公司、莲藕种植合作社等经济实体和新型农村经济组织,招商引资1500万元的生态农业项目落地该村。

息县决策层正是从弯柳树村的成功经验中找到了脱贫攻坚、乡村振兴的方向,县委领导在接受媒体采访时表示:

"从弯柳树村的变化,我们看到了传统文化教育引领美丽乡村建设取得的喜人成果。下一步,我们不仅要让村庄靓起来、百姓乐起来,还要带领村民富起来。息县各个部门已积极行动起来,计划引进种植无公害农作物、绿色果蔬等项目,创出叫得响的农产品品牌,打造'中国生态主食厨房',让每个村子都有自己的产业支撑。"

弯柳树村成为息县"道德建设、培育优良民风"的排头兵,辐射带动全县开展以"孝道教育"为主题的美德工程,让"美丽乡村"建设向更高层级迈进。

6

2015 年 9 月 1 日,宋瑞为弯柳树村请来了两位专家:一位是中国科学院的费璟昊博士,另一位是著名国学专家李鹰先生。

费璟昊博士为村民们带来了一场关于乡村互联网经济的讲座。对弯柳树村的大部分村民来说,互联网还是一个比较陌生的事物。

费璟昊博士向村民们讲述了我国互联网的发展现状与趋势——

2014 年 11 月,李克强总理在首届世界互联网大会同中外代表座谈时指出,互联网是人类最伟大的发明之一,改变了人类世界的空间轴、时间轴和思想维度。中国接入互联网20年来，已发展成为世界互联网大国，不仅培育起一个巨大市场，也催生了许多新技术、新产品、新业态、新模式，创造了上千万就业创业岗位，很多人特别是年轻人、大学生因此实现了事业梦、人生梦。互联网也是大众创业、万众创新的新工具。

2015年3月5日上午，十二届全国人大三次会议上，李克强总理在《政府工作报告》中首次提出"互联网+"行动计划。"互联网+"，即指利用互联网的平台、信息通信技术把互联网和包括传统行业在内的各行各业结合起来，从而在新领域创造一种新生态。

当年7月4日，经李克强总理签批，国务院印发了《关于积极推进"互联网+"行动的指导意见》，鼓励利用互联网提升农业生产、经营、管理和服务水平，培育一批网络化、智能化、精细化的现代"种养加"生态农业新模式，形成示范带动效应，加快完善新型农业生产经营体系，培育多样化农业互联网管理服务模式，逐步建立农副产品、农资质量安全追溯体系，从而促进农业现代化水平明显提升。

改革开放以来，我国城市化进步加快，第二和第三产业的飞速发展，农村的发展速度逐渐落后于城市，这种趋势并且一再持续扩大。很多年轻人选择离开农村，去到城镇打工创业，许多农村出现了"空巢老人""留守儿童"等现象，乡村的绿色在夕阳的映衬下显得黯淡和凄凉。

自从中央在全国推进"乡村振兴"战略以来，互联网逐渐走入乡村。"农村电商服务站""58同镇"等众多互联网产品进驻农村。"O2O""B2C"这种以前只能在城市和书里看到的词汇，而在今天的许多农村已不再陌生，也正在被村民接受并使用。

"互联网+农业"模式已经开始打造农业生产的新篇章：以往的农业生产，需要农民亲自去引进种子、幼苗等，选择渠道单一，种植技术较为传统低效，并且在受到灾害时，防风险能力较差。而"互联网+农业"则可使农业采购和种植变得科学化。比如在采购种子与幼苗的时候，可通过互联网与更多的种子厂商、育苗厂沟通，能够更快地找到合作对象，既能节省时间，还能节省成本。此外，用互联网技术和App对作物生长进行实时监控，可大大增加风险的可控性。

而当前，我国乡村已渐渐步入互联网经济腾飞的时代。

费璟昊博士的这场讲座，给村民们打开了一扇通向外面世界的窗户，透过这扇窗户，弯柳树村看到了互联网经济时代的曙光。

李鹰先生则向村民分享了《向论语问道》，深入浅出地剖析做人做事、立德树人的生命大道，让村民接受了一次高质量的精神洗礼。

为了打开村民的眼界，了解更多发展乡村经济的形式与案例,宋瑞多次组织村民到郑州、南阳、新乡、焦作等地参观学习。她还带领邓学芳、赵忠珍等村民赴驻马店参加传统文化论坛,分享修习传统文化心得。组织赵海军、骆同军、陈道明等村民到河北省邢台孙家寨村学习有机农业种植,感受当地孝心老人宴。

7

德孝文化扬美名,春风又度弯柳树。弯柳树村又要迎来贵宾了。

2016年3月6日,中国人民解放军火箭军文工团著名军旅歌唱家、中国扶贫基金会"爱心大使"金波,要在弯柳树村召开演唱会。消息一传出,弯柳树村沸腾了,路口乡沸腾了,整个息县都沸腾了。

曾在北京鸟巢、人民人会堂举办过个人演唱会的金波,为什么要来弯柳树村这个豫南小村开演唱会呢?

"金波来咱村开演唱会,真的假的?"

"宋书记给咱村请来了那么多专家教授,还没有请过一个明星呢。"

"他肯定就是来看看转转,不可能在咱村开演唱会。"

"在村里又不能卖票,他图啥呢?"

…………

在人们各种猜测中,金波率领的公益团队于全国两会召

开之际开赴弯柳树村,进行公益演出及艺术扶贫。团队中有
艺术家、企业家,还有新闻媒体的记者。

3月5日下午4时,出了信阳高铁站,公益团队顾不上
休息,立即乘坐大巴赶赴弯柳树村。

宋瑞与村两委干部,还有众多热情的村民,早已在村口
等候迎接远方的客人。金波一行人顾不上安置行李住宿,直
接跟着宋瑞去了道德讲堂。

宋瑞做了简短的欢迎致辞后,金波也向大家介绍了团队
的文艺志愿者:

中国文艺志愿者协会副秘书长、中国文联文艺志愿服务
中心组织协调处处长马康强;

中国民间春晚总策划、总导演杨志平;

著名歌手、主持人苗伟;

中国石油艺术团著名舞蹈编导张焱;

北京慈善企业家孙佑刚、吴军;

深圳慈善企业家张鹤;

…………

欢迎仪式一结束,金波就对大家说:"北京来的演员随我
到排练现场进行彩排吧。"

宋瑞书记说:"先休息一会儿,吃完晚饭吧,现在也到了
饭点。"

金波这才醒悟过来,问道:"该吃饭了吗?"

金波话音刚落,大家一片哄笑。他带领几十号人从北京

到豫南小村,坐高铁,转汽车,真是忙晕了。

对金波一行来说,这是一次别开生面的晚餐。一个村庄,不仅没有高档豪华的星级饭店,而且连一个能容纳几十人就餐的饭馆都没有。大家只能吃"派饭":客人按人数编成组,每组被安排到不同的村民家吃饭,吃的也是家常饭菜。金波与大家一起吃"派饭",绝大多数人都是平生第一次体验。

晚饭后,金波与艺术家们不顾车马劳顿,来到村里临时搭建的舞台彩排。

现场一位歌迷问金波:"金波老师,您是明星大腕,多大的场面您没见过,来我们村这个小舞台,还用排练?"

金波说:"正是因为来到咱乡村,我才得更加重视,我也是农村走出来的,是农民的儿子,更想把最好的歌声,最美的艺术展示给大家。"

德孝歌舞团的部分演员也参加了彩排,金波与总导演杨志平、主持人苗伟热情耐心地指导他们,手把手地教大家,包括上台的姿势、舞台上的动作,讲了一遍又一遍,还多次不厌其烦地做示范。

村民们既激动又感动。这是他们第一次与明星大腕零距离接触,更是第一次得到来自首都的艺术家指导。他们真切地感受到了艺术家们严谨认真的态度。

3月6日,弯柳树村史无前例地热闹。方圆几十里的人们都赶来看演出,像赶会一样,车水马龙,人头攒动。舞台早已布置完毕,巨幅背景墙上赫然写着:息县路口乡弯柳树村德孝文化乡村游启动仪式暨金波《扶贫手拉手　助力奔小康》公益演唱会。

演唱会的目的就是通过启动德孝文化乡村游,来拓宽精准扶贫的新思路。

下午 4 时 30 分,当金波带着问候、带着歌声从人群中缓缓走向舞台的那一刻, 全场 2000 余名观众一片沸腾, 喝彩声、呐喊声此起彼伏。金波以一首经典歌曲《珍惜缘分》拉开了公益演唱会的序幕。

一曲结束, 金波饱含深情地说:"我来到咱弯柳树村,听到了很多故事,真的很感动,我在此向你们致敬!下边我就把这首《我的好妈妈》送给所有的妈妈,也希望全天下的儿女发自内心地孝敬父母。"

音乐响起,金波深情地唱道——

开口喊的是妈妈

一声、两声、三声

开口喊的是妈妈

妈妈甜透心洼

敞开学步眼睛老望着妈妈

一步、两步、三步

妈妈笑出泪花

…………

这首充满真情、朴实动听的歌曲，被金波唱得感人至深，许多观众都悄悄地抹起了眼角。

　　随后他又唱了一首《有事你就说》，现场的很多学生都被感染了，纷纷跟着一起唱，以此表达自己对金波公益情怀的尊敬。

　　当热情奔放、高亢激扬的《大妹子》的音乐响起时，有的村民情不自禁地扭起了自创的舞蹈，滑稽的动作把观众们逗得开怀大笑。热烈的掌声如汹涌的波涛，一浪高过一浪。

············

　　演唱会历时3个小时，在欢乐和谐的气氛中圆满结束。

　　当天晚饭后，金波他们没有离开弯柳树村，也没有去休息，而是对村民进行指导。这是一次绝佳的学习机会，难得有名家亲自指导，大家学得都很认真。

　　杨志平振奋地说："说句实话，我来之前是带着怀疑态度的。我一直在想，究竟是什么力量让宋瑞书记和义工们能够长期扎根村里？又是什么力量能让我们的大歌星金波从北京跑到村里来演出？来到村里，看到这里发生的一切，我全都明白了。这是我第一次在村里执导，我感到非常荣幸，也让我体验到了什么叫接地气。庆幸的是，在这里我也找到了自己所需要的关于中国新时代'知青'的题材。"

　　时间很晚了，金波一行并没有休息，而是又与息县的主要领导、爱心企业家坐在一起，探讨弯柳树村下一步如何进行精准扶贫的问题。

正如中国文联文艺志愿服务中心组织协调处处长马康强所说："金波带领艺术家、慈善企业家来弯柳树村的这次公益演唱和艺术扶贫，与以往文化惠民和文化下乡不同，'文化精准扶贫'不再只是为当地老百姓送文化、送演出，而是要到点、到户、到人，要通过文化的力量，带动当地相关文化产业发展，共同致富。他是以演出形式向社会宣传，让社会更多人来关注精准扶贫。"

这次演唱会，金波除了捐助他的励志书籍《出征》外，还为贫困乡村募集了一些善款。

金波说："举办这次演唱会，就是让许多慈善企业家能更多地了解弯柳树村，希望能有精准的文化对接，精准的艺术扶贫，从而促进扶贫项目建设，为脱贫攻坚工作做出自己的贡献。"

文化扶贫带动了产业形成，精神扶贫带动了物质脱贫。如今，弯柳树村的德孝文化乡村游已经发展成为村里的支柱产业，村里打造的孝爱客房、农家乐等也都红火起来。

金波演唱会之后，村里又连续组织了"城乡手拉手，共同奔小康""精准扶贫奔小康，同圆美丽中国梦"等系列活动。通过微信公众平台发布，全国各地的爱心企业家，如北京尚品集团、河南开心仁公司等爱心企业积极参与，与弯柳树村贫困户段平等结成帮扶对子，除每月帮扶生活补贴200元外，还对贫困户选择从事的脱贫项目给予资金扶持，安排贫困户孩子到企业工作等，进行手拉手精准帮扶。

第六章　凝聚力

抓实建强农村基层党组织，以提升组织力为重点，突出政治功能，持续加强农村基层党组织体系建设。

——摘自 2019 年中央 1 号文件

1

2015 年 11 月 27 日至 28 日，中央扶贫开发工作会议在北京召开。新华网刊发的《"史上规格最高"扶贫会"高"在哪儿？》一文中如此描述这次会议——

一、会议规格高

中央扶贫开发工作会并非每年都有，上一次以"中央"名义召开要追溯到 2011 年。扶贫会议名称从"全国"上升为"中央"，更是十八届五中全会以来召开的首个中央会议，其重要性可想而知。

更特殊的是，这次中央扶贫开发工作会议参会人员规格"超乎想象"。从出席会议人员列名情况看，除了七大常委等中央领导人外，各省区市党政一把手同时出席，其规格不仅超越某些年份的中央农村工作会议，也"追平"中央经济工作会议。扶贫开发，显然已经上升到党中央治国理政的战略新高度。

一个有趣的细节是，扶贫开发"只争朝夕"，这次大会也是"5+2""白加黑"。会期不仅占用周末，甚至连晚上时间也不放过——就在（11月）27日晚上，还召开了全国革命老区开发建设座谈会，对占全国贫困人口、贫困县总数均约三分之一的革命老区的脱贫工作做出部署。

二、脱贫目标高

十八届五中全会提出了全面建成小康社会的扶贫目标：我国现行标准下农村贫困人口实现脱贫，贫困县全部摘帽，解决区域性整体贫困。早几天召开的政治局会议，则在目标前面加上"确保"两字——也就是说必须完成、没有商量。这次大会再次强调了"确保"——确保到2020年所有贫困地区和贫困人口一道迈入全面小康社会。

从实现全面小康的任务看，各项经济社会发展目标不难完成，贫困才是最大短板。正如总书记在"十三五"规划建议说明中谈到的，"我们不能一边宣布全面建成了小康社会，另一边还有几千万人口的生活水平处在扶贫标准线以下，这既影响人民群众对全面建成小康社会的满意度，也影响国际社会对我国全面建成小康社会的认可度"。

5 年时间解决剩余 7017 万人口贫困问题，从国际上看也没有先例。需要从上到下的全国总动员，采取超常规的扶贫举措。而一旦完成，也将是载入史册的伟大功绩——这将使中国提前 10 年实现联合国到 2030 年的全球减贫目标，为中国故事、中国道路写下新篇章。

三、责任要求高

走出会场，22 个中西部省（区、市）的一把手估计心情并不轻松。就在这次大会上，他们与中央签下了脱贫攻坚责任书，也就是立下"军令状"。

立军令状这里还有一个关键词：逐级。也就是说，这次省里向中央立"军令状"后，接下来地市要向省、县要向地市也立下军令状，压力层层传导。

对军令状的落实问题，中央已经"放了狠话"："实行最严格的考核督查问责，确保中央制定的脱贫攻坚政策尽快落地"，"纪检监察机关对扶贫领域虚报冒领、截留私分、贪污挪用、挥霍浪费等违法违规问题，坚决从严惩处。"

有紧迫感的不仅是地方政府，中央部委也要"深吸一口气"了。政治局会议强调，"中央各部门必须步调一致、协同作战、履职尽责"。扶贫毕竟涉及贫困群众生活发展的方方面面，发改、财政、交通、水利、农业、国土、教育、卫生、社保、民政等部门更是"首当其冲"，接下来要怎样更好地"接济穷乡亲"，各大部委都要"掂量掂量"了。

凝聚力

四、攻坚谋略高

谋划未来 5 年剩余贫困人口怎么脱贫，是这次大会的最重要议题。具体怎么做？答案是"五个一批"——发展生产脱贫一批、易地搬迁脱贫一批、生态补偿脱贫一批、发展教育脱贫一批、社会保障兜底一批。

剩余的 7000 余万贫困人口大致可分成两类，有一些丧失劳动能力的，无法参与到经济发展中，政府将承担起"兜底"责任，为这 2000 多万群体"买单"。剩下的 5000 万人，则是未来 5 年扶贫开发最关键的"着力点"，各种措施"多管齐下"，核心目的是增加贫困群众收入和自我发展能力，最终达到稳定脱贫。

当然，要想实现这个目标，需要从顶层设计做出超常规部署。从这次会议透露的信息来看，一些"超常规"举措即将"落子"，如对 1000 万左右贫困人口开展易地扶贫搬迁、贫困家庭的高中学生要全部免除学杂费、扩大重点高校面向贫困地区定向招生计划等。

此前，中央政治局会议已经通过《关于打赢脱贫攻坚战的决定》，估计不久后将向社会公开。不论是扶贫体制、财政投入、金融支持，还是土地政策、教育医疗保障等，或许将有更多更详尽的"超常规"举措值得期待。

在这次会议上，习近平总书记强调：消除贫困、改善民生、逐步实现共同富裕，是社会主义的本质要求，是我们党的

　　　　　　　　　　　润物细无声

重要使命。全面建成小康社会,是我们对全国人民的庄严承诺。脱贫攻坚战的冲锋号已经吹响。我们要立下愚公移山志,咬定目标、苦干实干,坚决打赢脱贫攻坚战,确保到 2020 年所有贫困地区和贫困人口一道迈入全面小康社会。

2015 年 12 月 24 日至 25 日,全国扶贫开发工作会议召开。此次会议的主要任务是贯彻落实党的十八届五中全会和中央扶贫开发工作会议精神,按照中央经济工作会议、中央农村工作会议和国务院扶贫开发领导小组第八次全体会议要求,总结 2015 年扶贫开发工作,分析脱贫攻坚面临的形势和任务,研究部署"十三五"特别是 2016 年脱贫攻坚工作。

全国扶贫开发工作会议一结束,宋瑞就立即组织弯柳树村村两委干部与全村党员学习,传达中央扶贫开发工作会议与全国扶贫开发工作会议精神,研究弯柳树村的脱贫攻坚工作。

学习完文件,宋瑞抛出了 2016 年弯柳树村的工作目标:"中央要求到 2020 年所有贫困地区和贫困人口一道边入全面小康社会,河南省要求 2018 年实现全面脱贫,息县要求到 2017 年实现全部脱贫。那么,我给咱弯柳树村制订的目标是,2016 年全部脱贫。"

大家都瞪大了眼睛,有点儿不敢相信。

"啊?时间太紧了吧?"

"宋书记,能成吗?"

"宋书记,咱村底子这么薄,再有一年时间不行吧?"

…………

面对大家的疑问，宋瑞冷静地分析了村里的形势，最后她说："压力肯定是有的。但我坚信，只要我们齐心协力，心往一处想，劲儿往一处使，就没有干不成的事情。"

听了宋瑞的话，大家纷纷表示：坚决按照宋书记的要求，一起努力，保证打赢这场脱贫攻坚战。

夜里，宋瑞在日志中写道——

学习了中央扶贫开发工作会议与全国扶贫开发工作会议精神之后，我感觉自己肩上的担子更重了。弯柳树村2016年实现脱贫，压力确实够大。但弯柳树村最艰难的时候都走过来了，现在的势头还是很好的，全村已经成立了5家农民专业合作社，这些合作社均可为村民增收发挥作用。王春玲来村里投资的事也基本谈妥，她的生态农业项目一旦做起来，潜力巨大，可以带动更多的村民就业增收。

我作为第一书记，一定要吃透中央政策，不遗余力地响应落实党中央的号召，强化责任担当意识，与村两委干部共同坚持廉洁扶贫、阳光扶贫，发挥党员模范带头作用，统筹各方力量，形成攻坚合力，发展特色产业增收，积极探索试验，力争率先脱贫。

再者，我们只有准确把握当前形势，转变陈旧的观念，才能坚定脱贫工作的信心。

2016年的元旦来临之际，德孝歌舞团为村民们带来了一场欢快的晚会，也吹响了弯柳树村 2016 年全部脱贫的冲锋号。

2

2016 年 5 月的一天，弯柳树村的晨曦中，义工们已经把村里打扫得干干净净。

大喇叭响起来了，播放的第一首歌是《不知该怎么称呼你》，接着是金波的《有事你就说》《我的好妈妈》等。听着德音雅乐，弯柳树村的村民们开始了一天的忙碌。

宋瑞坐在办公桌前，翻看着桌上的记事本，按照计划，从这个月起，就要组织村民分三批先后前往安阳传统文化教育基地，参加"家庭美德"道德学习班。

弯柳树村有自己的道德讲堂，为何还要去安阳学习呢？这是一个什么样的教育基地呢？

原来，安阳传统文化教育基地是一个全公益性质的传播中华传统美德的基地。培训全程封闭，食宿、学习、资料等全部免费。

基地常年开办传统文化与身心健康高级研修班和家庭美德学习班，面向全国招生。学习的重点是古圣先贤们总结出的"做人之道"等人生不同阶段、所处的不同身份所遵守的伦理规范。

基地的最大特点是学习不设门槛，不管是什么文化程度、职业,都能听懂,并顺利地通过考核。其中,绝大多数学员经过 7~10 天的封闭式学习,能够认识到中华传统文化的重要性并积极践行,基本消除"怒、恨、怨、恼、烦",达到身心和谐。

弯柳树村第一批去安阳参加培训的人员有汪建、赵忠珍、彭兰芳、汪天芳、李广兰、赵海军等。

报到时,在接待处每个人都要把手机交出来封存,并被告知教育基地的规定:全程止语(除特殊情况需要说话外,学习期间禁止说话,有事情用字条交流),全程素食。这是为保证学习效果采取的特殊措施,以达到完全清除干扰、静心学习的目的。

既要上交手机与外界切断联系,又要"止语""素食",确实不是一般的苛刻,很多人都受不了。但教育基地就是这样要求的,既然来这里参加学习,无论是谁都要珍惜学习机会,排除干扰全身心投入学习中。每天上下课学员都要参拜孔夫子像,早上开课前齐读《礼运·大同篇》,每次下课和晚课结束时吟诵感恩词和祈愿词,心灵一点点地被净化。

在为期 7 天的学习中,赵忠珍、彭兰芳等人学习了中华传统美德之"孝道""悌道""子女道""朋友道""父母道""夫妻道""婆媳道"等家庭道德规范。每个人都收获很大,尤其是汪建,他的抑郁症基本治愈,回归到了正常生活。

2016 年,弯柳树村的扶贫产业发展更上一层楼——

由爱心企业家王春玲投资成立的息县远古生态农业科

技公司(简称远古公司)在弯柳树村落户,一期投资 500 万元,流转土地 360 亩,正式启动弯柳树村生态农业项目。

郑州约汗实业公司与弯柳树村达成合作,流转土地 140亩,建设观光度假二合一的玫瑰生态园与 24 孝文化园,带领贫困户种植玫瑰花、牡丹花、桃树、梨树等经济作物,拉动增收。

息县建业种植专业合作社流转土地 400 亩,带领村民种植有机水稻和有机莲藕,建成荷塘月色生态园,不仅大幅度增加了村民的收入,也为弯柳树村增添了乡村游景点。

至 2016 年底,弯柳树村村民人均收入从 2012 年的不足 1900 元提高到 4200 多元,成功摘掉了贫困村的帽子。

3

2016 年 10 月,宋瑞收到一份特别的邀请函——2016 首届企业家致良知(贵阳)论坛的邀请函。邀请函的第一页上写着如下文字:

国内首届企业家致良知论坛,定于 2016 年 10 月 29 日在贵阳市举办。论坛主题是"致良知是一种伟大的力量"。

致良知不是一种小善,它不只是让人们成为好人。一个只懂得温良恭俭让的好人,在复杂的环境下可谓寸步难行。致良知,让人们回到原本清澈的良知,并将其中的能量与智慧开发出来。"心静如水，良知清澈；临事不乱，应变无穷。"致良知学说为当今社会的良性发展提供了源源不断的"心动力"。

正和岛首席架构师刘东华、康恩贝公司胡季强、奥康公司王振滔、白象公司姚忠良、金蝶公司徐少春、芳子美容刘芳以及北大教授文东茅和至一集团的林捷冬，将首次面向公众，分享自己践行阳明心学的阶段性成果，全方位呈现企业家的切身实证："致良知是一种伟大的力量。"他们自身的新生以及给企业带来的巨大改变，将为整个社会带来榜样的力量和前行的动力！

第二页是论坛主办方及参加人员说明：

2016 首届企业家致良知（贵阳）论坛由北京阳明教育研究院与正和岛阳明学院联合主办。届时将有 500 位来自全国各地的企业家参加，其中 200 位是正在阳明教育研究院学习的企业家，另外 200 位则是来自正和岛的企业家，余下 100 位名额向全社会开放。

宋瑞不是正在阳明教育研究院学习的企业家，当然也不是来自正和岛的企业家，而是属于向全社会开放的那 100 位名额中的一位。

这个论坛吸引宋瑞的是那些大企业家和"致良知"这三

个字。她知道这些都是弯柳树村所需要的——弯柳树村不仅需要这些企业家的投资，更需要"致良知"。

致良知是一种伟大的力量吗？又是一种如何伟大的力量？而此次论坛又是一个怎样的论坛？宋瑞猜测着，思考着。

宋瑞了解到，此次论坛就是设在贵阳花溪区的阳明大讲堂。对王阳明这位明代著名的思想家、文学家、哲学家，和他创立的阳明心学，宋瑞有一些了解，但没有做过深入的研究。去之前，她又做了一些功课，知道了王阳明不但精通儒、佛、道的哲学思想，而且还是一位军事家，能够统军征战，是中国历史上罕见的全能大儒，也是明代心学的集大成者。

而"致良知"正是王阳明的心学主旨。《孟子·尽心上》："人之所不学而能者，其良能也；所不虑而知者，其良知也。"《大学》中也有"致知在格物"。

王阳明认为，"致知"就是致吾心内在的良知。"良知"既是道德意识，也指最高本体。良知人人具有，个个自足，是一种不假外力的内在力量。"致良知"就是将良知推广扩充到事事物物。"致"是在事上磨炼，见诸客观实际。"致良知"即在实际行动中实现良知，知行合一。

在论坛现场，宋瑞感受到了庄严而热烈的气氛，她认真听了大家的发言。本次论坛组委会提出的《"互联网+"时代下的"致良知+"行动倡议》，让宋瑞印象尤其深刻——

中华民族的伟大复兴，是我们这代中国人的必将成就！

生逢其时的互联网技术，正在为中国崛起提供强劲的"脑动力"；

历久弥新的致良知学说，将为中国梦的实现开启澎湃的"心动力"。

"互联网+"已经生根发芽，"致良知+"正待兴起！

我们欣逢催人奋进的伟大时代，有幸参与前无古人的伟大事业！

在"互联网+"时代，我们庄严地发出"致良知+"行动倡议：

"脑动力"与"心动力"联动，"互联网+"与"致良知+"并举。

那天晚上，"致良知+"的红旗缓缓拉开，覆盖全场观众，大家一起在"致良知+"的大旗上，签下自己的名字，高唱《歌唱祖国》。

在宋瑞眼中，那是一个良知之夜，更是一场企业家发自肺腑的生命分享会。很多听众热泪盈眶。心与心的沟通，精神与精神的交融，带给每个人的是一种无以言喻的灵魂愉悦。

致良知四合院(北京知行合一阳明教育研究院)创始人白立新先生发表了《致良知是一种伟大的力量》的精彩演讲。

致良知四合院是2014年白立新与50多位企业家共同创办的一个学习阳明心学的公益性机构，目的就是要打造一个公益性的开放的学习和实践平台，让更多企业经营管理者从阳明心学中汲取智慧和力量，并将之运用到"提高心性、拓展经营"的实践中去，真正做到事上磨炼、知行合一，造福社会，成为致良知的企业典范。

2016年9月，致良知四合院与中国商界高端人脉深度社交平台"正和岛"合作成立"正和岛阳明学院"，线上线下相结合，为学员提供缔结信任、个人成长及商业机会的创新型服务。

论坛上，宋瑞也做了发言——

我是河南省一个贫困村的驻村第一书记，我在2014年提出了"扶贫先扶心"。农民种的粮食，小部分是自己吃的，无污染。大部分是卖的，化肥农药严重超标，地下水的污染都很严重。我一直在探索一条以传统文化来扶心扶志的路，好带着父老乡亲找到良心。心改变了，志就立起来了。

中国需要传统文化的复兴，需要传统文化的回归，而现在的中国农村更需要传统文化回归。我们这个村就是用"文化扶心，带动产业扶贫"的。

我想请问各位专家、企业家，下一步能来我们那个贫困村吗？我们村的父老乡亲非常盼望你们这些有责任感的企业家，到村里来搞产业。我们国家有数亿农民，我们城市发展得再好，我们的农村却千疮百孔。我们下一步考虑的是怎样以这个村为基础，打造一个致良知的扶贫村，给我们国家的扶贫攻坚战，做一个"文化复兴"的典范来，让村民们从良知上开始，在根子上改变，真正能够久久远远的、可持续的脱贫致富，实现中华民族的伟大复兴。

宋瑞不知道，在这个600多人的论坛上有几人是扶贫干部。宋瑞希望她真诚朴实的话语，能对这些企业家有所触动，因为弯柳树村需要他们来投资建厂搞产业。

这次论坛，不仅使宋瑞大开眼界，还让她有一种豁然开朗的感觉。

宋瑞曾说，2010年9月，在郑州第一次遇上传统文化，4天课程改变了她的人生轨迹和方向，成为她生命的觉醒和新生。而这次参加北京致良知四合院的全国企业家论坛，学习、践行"致良知、知行合一"，则是她生命中第二次深度的觉醒和新生。

其实此前，宋瑞就曾与致良知四合院有过联系。白立新先生在了解到宋瑞的情况后，便开始关注她在弯柳树村以优秀传统文化助力扶贫的实践，这也是她被邀请参加致良知论坛的原因。

宋瑞对致良知的学习，真的是到了如饥似渴、废寝忘食的地步——除了准时收听晚上的网课，还争分夺秒地阅读相关的书籍。她在日志中写道——

"夫子汲汲遑遑，若求亡子于道路，而不暇于暖席者。"

当我读到《答聂文蔚书》一文时，深感惭愧。我觉得自己的思想境界还有很大的差距。阳明先生的"裸跣颠顿，扳悬崖壁而下拯之"，让我想到，习近平总书记十五岁时从北京来到贫瘠的梁家河村，一干就是7年，就是在那荒凉的山沟里，他找到了"要为人民办实事"的初心，也坚定了为此而奋斗终生的信念。

面对圣贤伟人的爱民、救民之心，我记不清有多少次被感动得流泪。圣贤的心就是一面镜子，哪怕自己内心的一丝私心杂念，在这面镜子面前，都会惭愧得无地自容。这一刻，我读懂了孔夫子的心、阳明先生的心、习近平总书记的心。自古圣贤一条心啊！这颗心就是为人民谋幸福的心，全心全意为人民服务的心！我要把弯柳树村两千多口人全部装在自己心里，全心全意为他们服务，谋幸福。一想到这些，我觉得自己浑身充满了无穷的力量。

"致良知"的学习让宋瑞醍醐灌顶，她决定把弯柳树村的传统文化教育升级为"致良知"。她把这一想法告诉了白立新先生，白立新先生听后非常支持。

不久，在北京大学、北京阳明教育研究院的专家的指导下，弯柳树村成立了"息县弯柳树村阳明书院"和"致良知学习小四合院"，并创建了"弯柳树村党建工作室"，开通了致良知四合院直播课程，把"致良知"学习融入"两学一做"（学党章党规、学系列讲话，做合格党员）学习教育活动中。宋瑞带领全村党员干部，以王阳明心学"致良知、知行合一，服务人民"为切入点，围绕"怎样做合格党员"这一主题，以党小组会和党课的形式进行研讨学习。外出打工的党员，则利用微信在线上学习。

在一个贫困村建立阳明书院，这是前所未有的事情，堪称一次创举。

2017年5月，因为扶贫任务重，宋瑞一直没法去北京参加致良知四合院的学习。致良知四合院的老师打来电话说："你来不了北京，致良知四合院就到村里去。"

致良知四合院的老师们很快就来了弯柳树村，这让宋瑞无比感动，心里暖暖的。

5月25日，"致良知学习与扶贫扶心暨项目对接座谈会"在弯柳树村召开。息县主要领导与新选拔的70位扶贫专干参加了座谈会。这时，息县致良知微信学习群已有400多人。

致良知四合院的老师们就"致良知"与脱贫攻坚工作进行了解读——

首先，王阳明心学内涵丰富，立意深远，是古圣先贤智慧的结晶，是中华优秀传统文化的典范。阳明先生在龙场悟道、南赣剿灭匪患，也遇到了许多困难，他运用心学思想的智慧，克服了困难，获得成功。

其次，当前的脱贫攻坚战中，也有不小的困难和矛盾。

同样需要用传统文化的智慧，以坚韧不拔的精神去化解。

最后，以"致良知"的传统文化武装我们的思想，把扶心扶志融入百姓正常的生产生活当中，真正让老百姓的精神世界富足起来。进而形成文化产业，达到脱贫、不返贫的目的，实现精神脱贫和经济脱贫的双丰收。

仅2017年，致良知四合院的老师和学员们就先后4次来到弯柳树村，为弯柳树村的脱贫攻坚献计献策。

"致良知"学习把干部党员的潜力充分调动起来，尤其是村干部，激奋地向全村发出倡议："乡亲们，自力更生、艰苦奋斗吧！驻村第一书记为我们引路，四合院老师到村讲课，致良知爱心企业家给我们助力。我们要团结一心，抱团发展，不让一人掉队，全面小康的目标才能实现，我们对美好生活的向往才能梦想成真！"

党员干部表现出来的优秀品格，为全村带来了正能量，不少年轻人树立起共产主义信念，向党组织递交了入党申请书。

4

2017年6月27日上午，阳光朗照。弯柳树村开阔的田野上，正在举办"弯柳树村首届生态小龙虾节暨产业扶贫成果展"。那条"第一书记喊你吃小龙虾"的标语，让人想到鲜美的小龙虾,不觉间满口生津。

空气中涌动的炙热与人们的热情交融在一起,现场一派欢腾。"咚锵咚锵"的锣鼓声一浪高过一浪,工作人员忙碌地穿梭于人群中,老人们悠闲地站在遮阳伞下观看,孩子们有的在钓小龙虾,有的在草地间嬉戏玩耍……

尤其引人注目的是由国家一级厨师率领的厨师团,他们身着白色厨师服,头戴高高的厨师帽,现场烹饪200斤小龙虾,奉上各种做法的龙虾宴,供大家免费品尝。

一阵响彻云霄的鞭炮声把现场气氛推向高潮。随后,在悠扬的音乐声中,弯柳树村德孝歌舞团的演员们身着盛装走上舞台,为大家奉献了一场精彩的演出。

这次以"虾"为媒,由息县远古公司承办、河南广电喜买网协办,龙虾养殖户、经销商等参与的生态小龙虾节,可以说是"互联网+农业"在弯柳树村的一次精彩呈现:弯柳树村采用无公害水稻立体套养技术,用精细饲料喂养的小龙虾肉质细腻、个体肥大、味道鲜美。如今,弯柳树村生产的小龙虾等优质农产品,搭上了互联网的快车,通过"媒体+电商+第一书记"的模式,走出弯柳树村,走出息县,走向更加广阔的市场。

小龙虾生态养殖作为弯柳树村生态农业的一部分,是远古公司为促进农民增收、实现产业扶贫的一个子项目。在生态稻田里养小龙虾,稻田里的有机质为小龙虾提供了食物,而小龙虾也为稻田带来更加环保的养分与环境——这就是自然界最简单的生物链,也是最朴素的生态平衡。

　　　　　　　　　　　　　　　　　润物细无声

宋瑞用 4 年时间,让弯柳树村这个昔日的"丑小鸭"变成了"白天鹅"。正如 2017 年 3 月 31 日《人民日报》刊发的文章《点亮农民心中的灯》中所说——

如何把这些传统美德、传统价值落细落小落实?正如习近平总书记所强调的,"一种价值观要真正发挥作用,必须融入社会生活,让人们在实践中感知它、领悟它"。弯柳树村变化的过程,也是传统美德不断进入村民生活场景的过程。

…………

事实证明,这样的孝道文化、传统美德,也是一种生产力。文化以一种直抵人心的力量,为村子争取到更多支持。淳朴、厚道的村风,吸引了众多企业家来参观学习,捐赠、投资也随之而来,10 家企业还手拉手帮扶贫困户。文化也能改变人的思想和行为,激发内生动力。村民们改变了过去懒散消极的生活态度,致富的路子逐渐清晰,干事创业的精气神被充分调动起来。从成立孝爱文化公司,到改造"孝爱客房",弯柳树开始发展以德孝文化为核心的文化培训产业,开辟了一条文化乡村游的致富之路。2016年,弯柳树村完全摘掉了贫困的帽子。

"中华传统美德是中华文化精髓,蕴含着丰富的思想道德资源。"……传统文化、传统美德,都是从乡土中国的生命实践中来的,是中国人集体意识的重要组成部分,其中蕴藏着人心重建、社会重建的丰富资源。让传统的基因与时代与生活深度互动，就一定能点亮人心之灯，汇聚起实现中华民族伟大复兴的精神力量。

5

2017年10月18日，中国共产党第十九次全国代表大会召开。这天上午，宋瑞与村组干部、全体在村党员、义工团、德孝歌舞团和村民代表等200余人端坐在道德讲堂里，全程聆听了习近平总书记做的《决胜全面建成小康社会　夺取新时代中国特色社会主义伟大胜利》的报告。

报告持续了3个多小时。大家聚精会神地听着，忘记了时间，中间无一人离开。大会现场响起掌声时，大家也跟着鼓掌；听到令人振奋的内容，有人激动地高声叫"好"。

报告结束时，已经是中午12点多了。但大家都没有回家，他们情绪振奋，踊跃发言，分享自己的感受。

弯柳树村如今脱贫了，正在为建设生态村、小康村等更高的目标努力。十九大报告对乡村振兴做出了重要部署，大家看到了更加灿烂的明天，浑身都是劲儿。

宋瑞听得很用心，几次激动得控制不住情绪，热泪涌流。等大家发言完毕，她含泪向大家分享了自己的感受：

"习总书记的报告给我们描绘出未来发展的辉煌前景，民族复兴的伟大征程，建成小康社会的坚定信心。尤其是土地承包30年到期后再延续30年，全面打赢脱贫攻坚战，这让我们基层干群吃了一颗定心丸。

"此刻我跟大家一样，充满感动和振奋，这更加坚定了我继续战斗在扶贫攻坚战一线，带领弯柳树村如期脱贫奔小康的信心。我相信大家也一定是干劲倍增、信心倍增。

"中国共产党人的初心和使命就是为中国人民谋幸福，为中华民族谋复兴。这个初心和使命是激励中国共产党人不断前进的根本动力。我们党员干部就要永远与人民同呼吸、共命运、心连心，永远把人民对美好生活的向往作为奋斗目标，以永不懈怠的精神状态和一往无前的奋斗姿态，继续朝着实现中华民族伟大复兴的宏伟目标前进。

"习总书记掷地有声的话让我更加深刻地感受到：带领贫困地区群众脱贫致富、过上幸福生活，这就是第一书记的初心和使命。我已有了在弯柳树村和乡亲们同吃同住同干五年的基础，紧跟党中央全面建成小康社会的部署，用优秀传统文化扶心扶志，通过致良知学习带领乡亲们走上一条心灵觉醒和生活幸福之路，就是我不可推卸的使命。使命呼唤担当，使命引领未来，我对打赢脱贫攻坚战充满信心。

"今天听了十九大报告，更加坚定了我扎根基层、磨炼心志、锤炼党性、全心全意和贫困地区人民一起，扎扎实实一件事接着一件事干，一年接着一年干，做敢于担当，踏实做事，不谋私利的领导干部，全心全意为人民服务，做让总书记放心的驻村扶贫第一书记。

"按照总书记和党中央的要求，在全面打赢脱贫攻坚战的进程中，扶贫先扶心先扶志，立足中华优秀传统文化，在基层培育和践行社会主义核心价值观，唱响基层群众爱党爱国正能量。我们弯柳树村目前普及孝道教育和道德教育，全面开展致良知学习，提升心性，找回内心的光明。培育孝心农业，发展道德经济。我们在四合院老师们的指导下，实践国家乡村振兴战略，一定会在弯柳树村率先做出试点的。

"习总书记在讲话中说：'人类对大自然的伤害最终会伤及人类自身……还自然以宁静、和谐、美丽。'这更坚定了我们弯柳树村要做有道德有良知的中国农民，我们发展'孝心农业'和生态农业种植，这其实就是总书记说的'还自然以宁静和谐'。

"在此我也表个决心：今后，我将不惜一切，带领乡亲们走出一条文化扶心扶志，心灵净化提升，产业带动脱贫，物质文明和精神文明、生态文明同步发展的小康之路，走出一条中国农民致良知、致幸福、奔小康的幸福之路。做脱贫攻坚一线的战士，新长征路上无畏的勇士；做伟大祖国的终身志愿者，中华民族伟大复兴的铺路石子，为打赢脱贫攻坚战，实现两个一百年奋斗目标，实现中华民族伟大复兴全力以赴。"

宋瑞的发言使道德讲堂里的气氛更加热烈，大家疯狂地鼓掌，更多的人竞相发言，人们早把吃饭的事忘得一干二净。

3天后，弯柳树村举行了庆祝"党的十九大"文艺演出。演出结束时，宋瑞走上舞台，宣读了她写给弯柳树村歌舞团的信——

　　亲爱的咱村歌舞团的明星们！

　　今天，第一次在新建成的文化广场演出，效果特别好。大家个个像仙女一样，太棒了！北京来了两个摄制组，一个为咱村拍电影、一个拍电视。在两个摄像团队的镜头下，大伙儿的妆容、气质太美了，节目太精彩了，充分把弯柳树村的精神风貌展现在了全国人民面前。

　　每次看大家的演出，我都会感动得热泪盈眶！如果没有歌舞团和义工团的无私付出、奉献，就不会有弯柳树村的今天。几年来，正是大家这样的抱团发展，我们村才能在原来那么差的低起点上，有了今天翻天覆地的变化。

　　在台下看着你们一个个精神饱满、神采飞扬、舞步轻盈、美轮美奂，观众们谁会知道，你们早上4点就起床，和面、包饺子准备今天几百人的午餐？谁会知道你们中午忙碌着照顾客人吃完饭，自己还没有来得及吃饭，就到了演出节目的时间，空着肚子就匆忙跑向舞台？谁知道你们家里的稻子还没有收完、地里的活还等着干……我知道，这些我全都知道！所以每次看你们演出我都感动得泪流满面。

　　父老乡亲们，是你们在时时感动着我，让我不敢也不能有丝毫的松懈。

　　几年来，大家为了弯柳树村这个大家，一如既往地支持我的工作。只要村里有客人来，你们就放下小家，都来照顾弯柳树村这个大家！看到你们的笑容和舞姿，想到你们的奉献，我就暗下决心，一定要再努力，把弯柳树村领上大发展之路，否则就对不起全村的乡亲们，对不起歌舞团和义工团的亲人们。

让我们像石榴籽一样紧紧抱在一起，共同加油吧！谢谢亲爱的乡亲们！

泪水模糊了宋瑞的双眼，读信过程中她几次哽咽，5年的峥嵘岁月，5年的酸甜苦辣，都在这封数百字的信中了。

乡亲们的脸上也挂着泪珠，大家不约而同地大喊："宋书记我爱你！宋书记我爱你……"

6

2018年4月25日，弯柳树村党支部换届，选出了更加强有力的支委会班子。

2017年8月，因村党支部书记杨某做了损害村民利益和违反村规民约的事情，甚至还出现了违反党纪的问题，村民们自发联名向息县纪检监察部门举报了杨某的问题，后经过调查认定举报事实清楚，遂对杨某进行了处理。

其实，早在2013年村里修路时，宋瑞就发现杨某私心比较重。

宋瑞四处奔波"跑"来了66万元修路专项资金，因要外出讲课,她就把修路的事托付给了杨某。

当铲车、大卡车、压路机等轰隆隆地开进村时,村民们高兴地说:"终于盼到这一天了。"

村里修路由杨某全面负责,这期间却发生了不该发生的事情:息正路至冯庄、许庄至新农村小区这两条路都修了一半就停了,铲车、大卡车、压路机等却开到了李围孜组。

村民们马上就明白了是怎么一回事,大家愤愤不平——

"秃子头上的虱子,明摆着嘛,谁让村支书在那个组呢。"

"就是嘛,这也太出格了吧。"

"啥人,光想着自己,不顾老百姓,什么村干部啊。"

"是呀,宋书记跑来的修路专项资金,不会只让修这条路吧?"

…………

李围孜组的路修好后,几十名村民围着施工队不让走,要问个究竟。此事最终惊动了县委,县委书记责令路口乡党委书记亲自去处理,施工队才得以解围。

宋瑞一回到村里,十几名村民拥到村部,纷纷向宋瑞反映这件事。宋瑞当时就蒙了,她怎么都想不到,修路这么好的事,居然因为村支书的私心办成了这样,村民们怨声一片。

不行,这事必须要说道说道。

"咱村干部就是为村民服务的,修路最初是怎么规划的?老百姓最迫切修的是哪条路?你修的又是哪条路?"宋瑞直截了当地问杨某。

"不都是给咱弯柳树村修路吗？修哪还不都一样啊？"杨某满不在乎地说。

"李围孜组修了个'三环'，却把群众急切盼望的生产路修了个半截，怎么向村民交代？干部私心这么重，如何抓好全村的脱贫工作？"

宋瑞生气地看着杨某，在场的人都沉默不语。

宋瑞继续说："这坚决不行！不管怎么说，扶贫资金是高压线，每一分钱都要用在群众急需的事上。你把修生产路的钱用在了李围孜组，那么李围孜组就得把钱兑出来修生产路。党员干部，做事得有原则，更得有底线。要不何谈为人民服务，怎么为全村服务？"

看宋瑞生那么大的气，乡党委书记赶紧劝解："宋书记，您先消消气。这个事呢，我来协调，下面的事我一定安排好，尽快把那两条半截路修完。"

两条半截路很快就修好了。有了这样的结果，这事也算圆满了，宋瑞很快就把这事忘了。宋瑞心想，谁还没个一念之差，犯点儿错误呢。这次严厉地批评了他，他改正了以后还是好同志。殊不知，杨某却放不下，表面上不说什么，内心却与宋瑞有了隔阂，事事抵触她。

为了更好地开展传统文化教育，宋瑞会经常推荐一些村民去外地参加学习交流活动，或者联系一些传统文化教育培训基地，让村民去接受免费培训。比如安阳传统文化教育基地，村里很多村民都去学习过。

为了让党支部、村委会的两位"当家人"开眼界长见识，提升格局，更好地为村民谋福利，宋瑞曾多次劝说他们去参加学习交流活动。毕竟，村里将来的传统文化教育要长期发展下去，需要有人扛大旗。但每次他们都是找各种理由推辞，说破嘴皮都无济于事。

无奈之下，宋瑞给余金霞打了电话："村支书和村主任这两个人，我是说不通了，你是常委，是部长，估计能说动他们，让他们出去学习学习。从长远出发，村里的传统文化教育，需要培养一部分骨干传承下去。"

余金霞爽快地答应去做他们的工作，而且认为她一定能说服他们。余金霞想好了，就是自己掏腰包为他们出差旅费也要让他们去。但等到余金霞晓之以理、动之以情地苦劝失败之后，她也无法可使了——这两个人，真是油盐不进，只要你一提让他们出去学习，他们就摆出各种理由，任凭你说得天花乱坠，他们都是两个字：不去。

这还不算，村里每周二、三、四晚上的传统文化课，他们也从来不去听。

杨某被查处3个月后，也就是2017年11月，弯柳树村村主任也被查处免职。

村支书与村主任双双被查处，宋瑞深深感到自责。

这件事直接影响了弯柳树村2017年省级文明村的评选。

宋瑞思考了很多天，她对自己的工作进行了深刻的反省，认识到了自己平时的工作还不够细致，对这两个人没有尽到责任。

宋瑞对余金霞说:"我的工作做得还不够扎实细致。你看,我都来了这么些年,绝大多数村民的思想觉悟都在一天天地提高,可我怎么没能把村支书和村主任度化过来呢。"

余金霞说:"工作就是这样,凡事不可能都尽如人意。你做得已经够好了,百密总有一疏,你是人,又不是神。"

对于这两个人的下场,村民们却拍手称快:"法网恢恢,疏而不漏。'德孝''良知'度化不过来,法网会度化他们的。"

但这不是宋瑞想要的,她希望自己所做的一切没有瑕疵和纰漏,最终都有一个圆满、完美的结局。

从这件事中,宋瑞总结出一个教训:基层的很多事情,并不如自己想象的那么简单,有时需要付出更多的耐心与细致。特别是作为党员干部,凡涉及原则性的问题和违纪行为,坚决不能容忍和包庇。做人要有原则,有底线,党员干部必须坚持党性,否则,就会走到人民的对立面。只有德治与法制相结合,才能实现乡村的和谐与快速发展。

7

弯柳树村支委换届,王守亮高票当选支部书记。

一个多月后,即 2018 年 5 月 30 日,弯柳树村村委会换届,村委会副主任汪学华当选村主任。

弯柳树村新两委班子诞生,但宋瑞并没因此而松一口气。她既为王守亮、汪学华这样的好党员、好干部而高兴，又为原村支书和村主任感到悲哀。

第二个任期开始后，宋瑞就着力在弯柳树村的党员队伍和干部队伍建设上下功夫，先后开展了争当优秀党员和评选十佳好村民等活动，并注重从优秀党员和村民中选拔培养村两委干部。

王守亮是弯柳树村的水电工，加入党组织比较早，村民们普遍认为他有素养、有气度、人品好。他平时为全村搞水电安装、维修服务，不仅认真负责，态度还特别好，质量也高。因此，不仅本村和邻村的水电安装维修都让他干，县城还有好几家单位也乐意找他。

通过长时间的观察，宋瑞认为王守亮是党支部书记的理想人选。她又向村里的多名党员和村民代表征求意见，大家一致认为王守亮是个值得信赖的人。

于是，宋瑞两次找到王守亮，希望他担任弯柳树村党支部书记。但王守亮却以自己干不来、自己开店忙为由婉拒了。其实，宋瑞早就看出来了，王守亮是个有能力的人，不是干不来，而是有很多顾虑。

宋瑞并没有放弃，她相信自己的眼光，更相信村民们的眼光。

宋瑞第三次找到王守亮，第一句话就问："守亮，你是不是共产党员？"

王守亮点点头，低声应道："是。"

宋瑞说:"是共产党员,就要为村里担当。当前,脱贫攻坚到了攻城拔寨的关键时刻,河南省已有28位驻村第一书记和基层扶贫干部牺牲在了工作岗位上。"

王守亮不好意思地说:"宋书记,你是个外地人,在村里都驻了五年,哪个村民不感动? 说心里话,我不是不愿意当,主要是没经验,怕辛苦付出了,还不能让村民们满意。"

宋瑞耐心地做起了思想工作:"不怕没经验,没经验可以在实践中学,只要诚心诚意为村民服务,做个合格的党员,处处打铁自身硬,不论啥事都能学会,都会干好。老百姓心里都有一杆秤,会认可的。"

宋瑞又说:"我到弯柳树村驻村,不也是啥经验没有吗? 乡亲们从不认可到认可,经过几年的摸索,咱村不是发生了可喜变化了吗? 你是党组织培养起来的本乡本土的党员,组织需要时更应该有担当精神才是。要我说,你不是干不好,而是缺乏一种勇气。"

王守亮果断地说:"宋书记,您别说了,就冲您这么信任我,我都没有任何理由再拒绝了。宋书记,我向您保证,从今往后,我一定勇于担当,敢于担当,全心全意为村民服务,决不辜负宋书记您的信任和乡亲们的期望。"

2017年12月,王守亮被弯柳树村全体党员推举为代理党支部书记。

王守亮上任第一件事,就是戒烟。他是个老烟民,有20多年的吸烟史,这在弯柳树村可以说是众所周知。

村民们都知道他爱吸烟、烟瘾大,每逢找他办事,见了面二话不说,先把一盒烟放在他面前。王守亮很为难。吸了,就违背了村里给群众办事不吸群众烟的规定;不吸吧,村民们就会说,你当了支书,了不起了,眼高了,看不起咱老百姓了,一大堆刻薄的话都在嘴边等着呢。这样一来,彼此都很尴尬。

王守亮思来想去,要解决这个问题,只有一个办法:戒烟。

说戒就戒。王守亮把家里的烟都送给了亲戚,然后宣布:从此不再沾染烟。

对于一个烟龄特长、烟瘾奇大的人来说,戒烟真是比登天还难。很多人都是嘴上喊着戒烟,一转眼又开始吸了。

对于王守亮戒烟,刚开始村民们半信半疑。

王守亮说到做到,说不沾就不沾,任凭你劝得真情一片,我自岿然不动。他的烟戒得十分决绝。

王守亮戒烟成功,在村里引起很大的反响,大家都为他竖起大拇指点赞。

对此,王守亮说:"心里只要有一种信念支撑,再难的事都不怕干不成。既然选择做一个好支书,戒烟还是事儿吗?"

再说汪学华,毫不夸张地说,他就是弯柳树村最大的"传奇"。宋瑞发现了他的能力与热情之后,便开始有意识地培养、锻炼他,经常让他参加村里的公益活动,上台讲话。2016年底,经村民大会选举,汪学华当选为村委会副主任。紧接着,他向党组织递交了入党申请书。

成为共产党员后,汪学华的思想境界又有了大的提升。

2017年初,汪学华当选信阳市人大代表,这次弯柳树村村委换届他毫无悬念地当选村主任。

有一次,汪学华对宋瑞说:"宋书记,我觉得自己以前工作做得还不够好,总是想自己的事太多,为村里考虑得太少,以后我一定要为村里多做贡献,把全部心血融入弯柳树村的德孝文化建设和生态文明建设中去。"

宋瑞鼓励道:"你做得已经很好了,我相信你会成为一名优秀的村干部。"

弯柳树村有了王守亮这样的村支书,有了汪学华这样的村主任,宋瑞可以放心地离开了。

8

2018年新年伊始,天气格外冷。前不久,刚下过一场大雪。

这天下午,天空又飘起了雪花,气温骤降。到了晚上,雪花依然不紧不慢地飘着,没有要停的意思。宋瑞忙完工作回到住处,洗漱时发现脸盆里的水结了一层薄冰。她想起息县气象局今天发布了暴雪橙色预警,心不禁又提了起来——她担心那些取暖条件差的孤寡老人。

早上5点多,宋瑞就起来了。她拉开门一看,鹅毛般的大雪正铺天盖地地下着,地上的积雪有一尺多厚。

宋瑞马上给几位村干部打电话,通知他们7点30分在村部大院集合。

　　　　　　　　　　　　润物细无声

寒气刺骨。村干部和扶贫工作队分成两个小组，分别由宋瑞、王守亮带队，走出村部大院。

宋瑞脚上穿着及膝的长雨鞋，头上戴着厚厚的军棉帽，但仍然抵不住屋外的寒冷。

大雪封门，本是窝在家里享受炉火的日子。但宋瑞与村干部们却顶风踏雪，挨家挨户地走访察看。

宋瑞这一组来到西陈庄时，见一位老人正在院子里捣鼓水龙头。原来因为突然降温没有及时采取保暖措施，水龙头被冻住，吃水成了问题，老人正急得没办法。王学华立马想到一办法，他去隔壁邻居家提来一壶开水，浇在水龙头上，可是不行。他又想到一个办法，用火烤，烤了好大一会儿，水龙头里的冰终于融化了。

这当儿，宋瑞拉着老人进屋看了看，又四处检查了一下，这才放心地问道："您老高龄啊？"

"七十八了。"

"这么大年龄身体还这么硬朗，是福气啊！家里煤球还有吧？这大冷天，屋里不能没有火。"

"有有有，还多着呢。"

"米面油都有吧？"

"有有有，吃一个月没问题。"

"那就好，缺啥了你给我们说，路不好，自己可不要出门。"

"嗯嗯嗯……"老人哽咽了。

凝聚力

汪学华在给连接水龙头的水管包稻草,他的两只手被冻得通红。终于包好了,他赶紧把手插入自己的袖筒里。

"这下不怕冻了。"汪学华笑着说。

老人拉着宋瑞的手说:"这么冷的天,你们还想着我这老头子,担心我受冻吃不上饭,真是比儿女还亲啊……"

宋瑞说:"老人家,这都是应该的,我们是党的干部,心里就得想着老百姓。"

"真好,好干部!"老人重重地点点头。

宋瑞一行告别老人,走向了下一家。

就这样,宋瑞他们在暴风雪中深一脚浅一脚地访遍了全村。每个人的脚都冻麻了,身上的衣服结了厚厚的一层冰,但他们的心里却热得像一团火。新当选的6位村干部表现出来的亲民为民形象,赢得了全村的好评。

晚上10点,正准备休息的宋瑞收到一条短信,是一位与她一样积极践行传统文化的干部发来的:"宋书记,您休息没?近来乌云弥漫,狂风恶雨,我感到力不从心,多年来第一次觉得自己快撑不住了。寻找光明的心是如此艰难。也许当初自己选择的从政之路错了,自己德行不够,难以掌控驾驭。"

宋瑞沉思了片刻,知道他是遇到了挫折,便把歌曲《阳明赞》发给了他。

宋瑞理解这位干部。她也经常听到一些人对弯柳树村的讥讽与诋毁,以及对她的诽谤:

"不是疯子,谁会在这个破村待那么多年? 没有利益,她这么拼命到底图的啥?"这些年,宋瑞听到太多这样的质疑,多少次她都想放弃。每到这时,她总会想起《阳明赞》:

都见那,一介书生,谈笑用兵,四战四捷,匡扶河山。谁见得,中伤刁难,行事维艰,几欲遁身入空山。

都见那,伯第府起,弟子三千,良知之学,正本清源。谁见得,下诏狱,谪荒边,风波浪里命悬一线。

天纵英姿,立志少年,成圣心坚,成圣心坚。访三教,踏名山,龙场一悟,照破心中暗。

为只为,世人不明心即理,名利场里滚翻,心学不明,再续他明灯一盏。

哪管他,病躯残喘,毁谤漫天,那一颗良知心,恰似一轮明月,辉映万里河山!

与阳明先生相比,我的委屈算得了什么,心怎么就动了,就烦恼了?心志怎么就不坚定了?一想起圣贤的言行,想起习总书记对脱贫攻坚和文化复兴的召唤,宋瑞的心里就充满激情,摇摆的心就会归于平静。

自2012年驻村起,我就是怀揣着"为天地立心,为生民立命。为往圣继绝学,为万世开太平"之心,为党中央做出一个"优秀传统文化复兴,带动人民幸福"、扶心扶志

凝聚力

脱贫攻坚试点村的大梦想，所以不管遇到什么样的艰难困苦，我都能咬牙挺过！面对什么样的误解、诽谤，我都会一笑了之。

外在的境况只是自己内心的一面镜子。阳明先生说："凡攻我之失者，皆吾师也，安可以不乐受而心感之乎？"感恩那些诋毁打压我的人！他们是我提升心灵品质的磨刀石，是我提炼心灵杂质的炉火，我怎能不乐受而心感之！

我常照圣贤之心这面镜子，照出自己心上的私欲障蔽杂质，挤出心上贪好名声的水分，复得天地万物一体之心。我终于悟到：不是他们错了，而是我错了。

…………

从宋瑞的日志片段中，我们可以看出她修习、践行传统文化的心路历程——这就是她的境界。

第七章 凤凰涅槃

生态环境是关系党的使命宗旨的重大政治问题，也是关系民生的重大社会问题。广大人民群众热切期盼加快提高生态环境质量。我们要积极回应人民群众所想、所盼、所急，大力推进生态文明建设，提供更多优质生态产品，不断满足人民群众日益增长的优美生态环境需要。

——摘自习近平在 2018 年全国生态环境保护大会上的讲话

1

2017 年 8 月的一天,宋瑞和息县县委宣传部、县文明办等部门的领导,以及著名环保公益人士叶榄先生,一起对弯柳树村的人居环境进行全方位调研,为下一步的垃圾分类做准备。

获得过"中国十大杰出青年志愿者"、我国环保最高奖——"地球奖"等多种荣誉的叶榄,虽然只有四十三岁,但从事环保公益事业已有 20 年之久。2013 年 11 月,他作为北京绿十字宣传大使,第一次来到弯柳树村,结识了宋瑞和当时在弯柳树村做义工的薛立峰。

之后，叶榄曾多次来到弯柳树村，在金波公益演唱会上，他被授予弯柳树乡村旅游形象大使，被弯柳树村委会授予荣誉村民。

烈日炎炎，地面上升腾起一阵阵热浪，只有树上的知了不知疲倦地嘶鸣着。

他们的第一站是位于道德讲堂东 200 米处的弯柳树村生态文明（资源分类）中心，占地 3 亩，已基本建成，正在做收尾工作。

村主任汪学华说："这里曾是养殖场，最多时候养过几千只鸡，因为防疫没做好，鸡总是大批死亡，2013 年以来就再没有养过鸡了。在这里施工的工人，基本上都是六十岁左右的老人，最大的六十九岁，最年轻的也在五十岁以上，每天每人能挣 100 多块钱。"

中心总设计师李开良说："这个中心建成后，主要处理全村的垃圾，按照垃圾分类，这是改变乡村居住环境的根本。"

生态文明中心东边的焦庄组，癌症、心脑血管病等疾病高发，全组 170 多口人，近几年死于脑瘤等癌症的就有 9 人。为什么会有这么多患癌症的人？这是因为 20 世纪 90 年代焦庄组家家户户种植红麻，沤麻把坑塘里的水污染了，人们吃了污染的水后就容易生病。

焦庄组的垃圾原来也是随处乱丢，宋瑞驻村后建立了垃圾池，定期转运至 3 公里外的废弃窑厂。

宋瑞等人还冒着酷热去了废旧窑厂，即现在的弯柳树村

　　　　　　　　　　　润物细无声

垃圾场。大量的垃圾散乱无章地堆在水沟边,臭气熏人。叶榄指着瓜皮、烂果、菜叶等说:"这是很好的有机肥原料,被倒在这里,真是太浪费了。"

在垃圾堆里,叶榄发现许多可以回收的物品,如玻璃瓶、纸张、塑料等。

宋瑞说:"垃圾分类,就是解决废物利用问题。下一步,咱们弯柳树村的生态文明中心建成后,一定要把垃圾分类搞好,真正让弯柳树村变成美丽乡村。"

近些年,随着经济的飞速发展,农村的垃圾量和种类都在不断增加。

习近平总书记指出,建设生态文明是中华民族永续发展的千年大计。必须树立和践行绿水青山就是金山银山的理念,坚持节约资源和保护环境的基本国策,像对待生命一样对待生态环境,统筹山水林田湖草系统治理,实行最严格的生态环境保护制度,形成绿色发展方式和生活方式,坚定走生产发展、生活富裕、生态良好的文明发展道路,建设美丽中国,为人民创造良好生产生活环境,为全球生态安全做出贡献。

2014年起,余金霞就致力于研究垃圾分类。经过几年的研究她得出一组数据,农村垃圾中,55%的垃圾可以沤肥,35%的垃圾可以填锅炉烧掉,5%的垃圾可以掩埋,3%的垃圾(主要是建筑)可以填坑垫路,只有2%的垃圾有毒有害,需要特殊处理。

2017年,余金霞向县委请示,预把弯柳树村作为试点,正式实行垃圾分类。余金霞清楚,实行垃圾分类的困难很多,只有放到弯柳树村才可能保证短期内成功。

2017年9月,弯柳树村打响了实行垃圾分类的第一枪。万事开头难。弯柳树村的垃圾分类工作,开头也遭遇了许多村民的不理解,甚至抵触。

有人说:"城里还没搞垃圾分类呢,让我们搞,我们干不来。"

有人说:"不就是些破垃圾嘛,有啥好挑拣的?"

有人说:"自古以来都是把垃圾扔掉,垃圾能变成宝,谁信?"

垃圾分类一直都是个难题。尤其是在农村,更是前所未见,村民们觉得是多此一举。

面对这种情况,宋瑞对村干部说:"村里要想把垃圾分类真正做好,落到实处,就必须依靠村民。谁家每天都会产生垃圾,这些垃圾该怎么处理,主要由村民自己来决定。所以我们要向大家及时宣传垃圾分类的好处,什么是干垃圾,什么是湿垃圾,如何进行垃圾分类,如何把干湿垃圾分开放,只有他们真正认识到了垃圾分类的好处,才会自觉去分类,我们的工作才会有成效。"

经过讨论研究,宋瑞与村干部们一起制订了多种举措:

采取抓两头带中间的策略,即抓老人与孩子。目前村里老人、儿童居多,先从老人和孩子开始,再让他们带动其他人。

在学校,开展垃圾分类知识比赛,让孩子带动家长共同参与;利用家长会,宣讲垃圾分类的好处,讲清楚垃圾不过是"放错了地方的资源"。

在村里,定期举办"卫生家庭""文明家庭""文明庭院""优秀联盟长"等评比表彰活动,以此鼓励更多的村民参与垃圾分类。

把每个星期五定为村里的生态文明日,开展村里和学校"小手拉大手"活动,让来接送孩子的家长把家里的塑料袋打打结,玻璃瓶等不可沤肥的废弃物品分类交到学校,由专门人员做好登记,孩子可领取相对应的积分兑换卡,积分兑换卡可以到学校或村里的爱心超市兑换学习物品或生活用品。

这些举措出来后,情况比预想的要好得多,起到了事半功倍的效果。再者,传统文化教育使全体村民的思想觉悟有了很大提高,这是根本。

经过一段时间的深入宣传,村民们逐渐转变了观念。

赵秀英说:"既然垃圾分类有这么多好处,有的能沤肥上地,有的积攒下来能给孩子换作业本,又能避免环境污染,这一举几得的好事,对我们来说也就是举手之劳,没啥麻烦的。"

根据县里下发的垃圾分类图,结合村里的实际情况,弯柳树村经过再三讨论又制定了既规范科学又合理的"六个一"制度:

一个公约——生态文明公约;

一个日子——每周五生态文明日；

一个中心——生态文明（资源分类）中心；

一个超市——积分兑换爱心超市；

一个团队——垃圾收集、监督检查队；

一个奖项——生态文明奖（细分为文明家庭奖、优秀联盟长、孝亲敬老模范奖等）。

另外，还要求做到户分类、组收集、村运输——每家每户要有两个装垃圾的容器，一个装可沤肥的垃圾，一个装不可沤肥的垃圾；每户还要在田间地头或房前屋后挖一个池子用来沤肥。

就这样，垃圾分类在弯柳树村搞得有声有色，自觉捡拾垃圾逐渐成为村里的一种新时尚。

一个周五的下午，弯柳树村清新洁净的小学里，传来孩子们琅琅的读书声。还没有到放学的时间，学校门口就已围满了来接孩子的家长。

而在学校一侧的房子前，则排着长长的队伍。只见有的手里提着包，里面装满了各种瓶子、罐子之类的废品；有的提着捆好的旧纸箱、泡沫板之类的废品；有的提着废电池、荧光灯管之类的废品，等等。

"这几天家里来人多，啤酒瓶、矿泉水瓶就多了些。来，帮我算算，18个瓶子，34个塑料袋，看能积多少分，给闺女换几个本吧。"一个中年妇女把一大包东西递了过去。

原来这是弯柳树村为鼓励村民养成不随便扔垃圾、随手捡拾垃圾的好习惯,专门设置的用废品兑换日常用品的地方。

这里有人专门负责统计、记录、算积分,将积分记录在卡上。20个打结的塑料袋就可以换10分,10个玻璃瓶子可以换10分,两节电池可以换5分,一个荧光灯管可以换5分。

积分可以在村里的爱心超市兑换作业本、铅笔等学习用具,也可兑换洗衣粉、毛巾、牙膏、牙刷、卫生纸等生活用品。

村民说起这事,都特别高兴:

"我要不按要求做好,我那小子成天给我上垃圾分类课。"

"孩子说得有道理,村里开展这项活动就是好,为咱们好,为村子好,为我们的后代好。你说,咱们也不能太自私,拉大家的后腿吧?"

…………

如今,村民们已养成了垃圾分类的好习惯,路上看见垃圾,也会随手捡起,村街、家里变得更加整洁了。

2

每天清晨,弯柳树村下辖各个自然村的垃圾都会汇聚到村生态文明中心,这时候也是垃圾分拣员陈道明两口子最忙碌的时候。

陈道明夫妇的主要任务是根据垃圾的种类,进行挑拣,按类别存放。

以前,垃圾成害,放在哪里都嫌脏,就是因为没有把垃圾充分地利用起来,发挥它们的价值。

2018 年 3 月 27 日,息县召开生态文明示范村建设推进会,确定在全县创建 8 个生态文明示范村。

会上,与会人员宣读了《让美丽乡村触手可及》的誓词。誓词文笔隽永,颇有诗意——

乡村之美美在产业,美在基地强、美在人民富、美在可持续,坚持质量兴农、绿色兴农、产业富农,决胜脱贫攻坚。

乡村之美美在生态,美在水碧、美在天蓝、美在土净,深入开展人居环境整治,做到垃圾分拣减量,养成良好卫生习惯。

乡村之美美在文明,美在村和谐、美在户和睦、美在人和善,完善"一约四会",发挥群众自治,育文明乡风、良好家风、淳朴民风。

心净则国土净,每一片清净都是我们内心的折射;心染则国土染,每一处脏乱都是我们内心的投影。物质和财富不能让世界美丽,只有美德、智慧和大爱才能让世界恒久美丽。

为了息县的碧水蓝天净土,为了息县的今天明天和永远,让我们做大地的孝子,不忘初心,砥砺前行,尽我们所能，让乡村人居环境美起来、乡风民风美起来、群众生活美起来，让美丽乡村触手可及！

一时间，生态文明建设成为息县的热词。

推进会后，宋瑞与村两委干部彻夜讨论，又制订出 15 条细则，摘录如下——

1. 加强环卫基础设施建设，规范垃圾处理场所，垃圾池、垃圾箱等垃圾收集点，不断完善垃圾收集网络，定时清运垃圾。

2. 及时进行清扫保洁，确保村出入口、主要通道、学校等干净整洁，垃圾日产日清，无污水溢流，无臭气四散，无乱堆乱放现象。

3. 建立环卫保洁制度，完善垃圾清运设施，加强环卫队伍建设，制定完善的环境卫生保洁制度。按照有关规定或标准配备专业环卫队伍，配备固定的保洁人员、垃圾车、垃圾池和垃圾转运设施，以满足日常保洁及清运的需要。

4. 强化规划建设管理，加大违章建筑和乱搭乱建的整治力度。

5. 加大户外广告和各种立面小广告的整治力度，规范广告清理、管理。

6. 加强交通法规的宣传力度，加大对农村车辆乱停乱放的整治力度，确保路面整洁，交通畅通。

7. 加大河流的清理整理力度，安排专门人员清理，并通过禁止乱倒乱扔垃圾，绿化河岸等方法，保证清洁。

8. 按照信阳市"创建全国绿化规范城市"的工作部署，加强绿化美化工作进度。

9. 加大对违反环境卫生管理规定行为的查处力度，对故意向河道、公路两旁倾倒垃圾的行为要严厉打击。

10. 村庄治理的老旧房进行改造和粉刷，拆除村内残墙断壁，清理乱堆乱放，彻底清除房前屋后，村口路旁，公共场所河塘沟渠等部位的积存垃圾，启动长期管理机制，及时处理新生产垃圾，硬化村庄道路，重点治理试点村，力争在2018年完成改造，完成长效机制建设，达到"村容整洁，民居漂亮，乡风文明"的效果；其他村庄采取示范带动、以点代面、分批次逐步推开的方式进行。

11. 在各个组设置垃圾处理设施，每个村庄配置至少有3~4个垃圾箱，配置保洁员，并落实好保洁员的工作经费。

12. 组织召开村民大会讨论制定村规民约，完善环境卫生保洁制度，选举保洁员及监督员，并制定奖惩制度。

13. 加强道路保洁，杂草清理和路肩维护，治理沿路垃圾，污水乱倒乱排现象，保持路面整洁。

14. 治理公路沿线村庄的垃圾乱扔乱倒，禽畜粪便占道晾晒，杂物占道乱堆乱放现象，禁止对道路随意开挖引水。

15. 沿线村庄无暴露垃圾，无白色污染堆积，可视范围内干净整洁，绿化美化效果显著。

　　　　　　　　　　　　润物细无声

在生态文明建设方面，弯柳树村无疑走在了全县乃至全省的前列。

2018年端午节前，我来到了弯柳树村生态文明中心。中心临街的铁栏杆上挂着一排排的废旧轮胎，远远地望去，很是壮观。

见到陈道明夫妇时，他们正在忙着把收集来的垃圾分门别类地码放。

陈道明热情地把我领进大门一侧他们的住处。屋里收拾得干净整齐，墙上挂满了荣誉证书。

陈道明说："今年2月份，生态文明中心一投入使用，我们就搬到了这里。你看这边，是垃圾分类处，按着纸盒子、塑料袋、塑料瓶、废铁、易拉罐、废纸和旧衣服等分成了几类，有的多有的少。我家院子里还堆着一些以前分拣好的垃圾，正在慢慢往这里运。村里让俺两口负责垃圾分类工作，俺一定得做好做扎实，不能辜负宋书记的期望。"

在生态文明中心的北墙边，摆放着一些花花草草，种植在矿泉水瓶和废弃轮胎中，别致而美观。

陈道明说："这是叶榄教的，既能美化环境，还能让废物再次利用。"

叶榄一直关注着弯柳树村的孝心农业与垃圾分类，尤其是垃圾分类，他想把弯柳树村建成一个生态文明典范村。

前段时间，叶榄来到弯柳树村，教会了陈道明用彩色纸盒制作手工艺品，挂在墙上，再配上环保标语，以此宣传环保。

村里还专门建了一个堆肥池，可沤垃圾经过发酵会成为很好的有机肥料，可以增加土壤的肥力和活力，是生态农业落地的一个重要环节。

村民们的环保意识越来越强，说起环保来头头是道。

赵忠珍是义工团成员，热心村里事务，她家的垃圾分类在全村做得一流，平时家里的可沤垃圾都装在一个垃圾桶中，隔几天就把这些垃圾埋在门前的菜地里做堆肥。

赵忠珍说："咱村广播里经常讲垃圾分类，刚开始，除了村干部和义工团成员按要求做，大多数村民还是像以前一样一股脑儿地扔到垃圾箱里。后来村里采取了义工负责制，也就是一个义工负责 10 户人家的垃圾回收，人们才慢慢养成了习惯。"

赵忠珍还说："地里上了用垃圾沤的肥，种出来的庄稼和菜就是好吃，而且安全健康。土地也松软了，不板结了。以前人们图省事嫌麻烦，懒得去做。现在村里要求，大家就纷纷行动起来，形成风气了。"

"好媳妇"蔡志梅说："垃圾分类好处多，以前搞德孝文化，让大街小巷变干净了。现在搞垃圾分类，家家户户的屋里屋外都不见垃圾，走到哪里都是干干净净的，村边的坑塘、小河里的水都变清了。"

宋瑞说："余金霞部长对弯柳树村的垃圾分类工作非常

重视,她以息县政府的名义聘请叶榄为弯柳树村的环保形象大使,请他督促指导垃圾分类工作。叶榄也非常尽力,经常来村里宣传环保,有时候还亲自做示范,使村民提高了认识,把垃圾分类落实到行动上。"

2018年4月中旬,村里刚开始进行垃圾分类,分类工作做得还不是很到位。叶榄在村里的垃圾填埋场看见一些可沤垃圾,就很严肃地对工作人员说:"这些可沤垃圾都来自土地,因为我们源头分类没做好,就会把大量能做有机肥的湿垃圾当成填埋场里的填埋物,既浪费了资源,又增加了清运成本,实在是太可惜了。"

他随即拍了照片,用微信发给了汪学华,还发语音向汪学华询问情况。

汪学华曾向余金霞保证,短时间内一定把垃圾源头分类工作做好。当他接到叶榄反馈的情况后,马上意识到自己的工作没做好。他向叶榄保证,如果垃圾源头分类工作再做不好,他就辞去村主任一职。

听了汪学华的表态,叶榄心里有底了。

过了一段时间,叶榄悄悄来到村里,他发现村里的几个垃圾箱都上了锁,有点儿不解,一问才知道,村里为了搞好垃圾源头分类,不让村民自己倒垃圾了。为此,村里还专门制订了一个方案:方便袋、纸箱、易拉罐等可回收的垃圾,都回收到生态文明中心;树叶、菜叶、果皮等湿垃圾,就地挖池子沤成有机肥;卫生巾、尿不湿等难以处理的垃圾,以填埋的方式处理；每 10 户共用一个垃圾箱，每天早上由专人负责收取各家的垃圾。村两委干部全体出动，分散到各个自然村进行督促检查。

宋瑞则带领驻村扶贫工作队逐户检查卫生，宣讲指导村民养成环保、健康、卫生的良好生活习惯。

这个办法一经实行，没几天就扭转了垃圾源头分类不彻底的局面。

叶榄见到汪学华，风趣地说："汪主任，你用不着辞职了。"

大家听了，都笑起来。

叶榄认为，垃圾源头分类其实不是什么难事，关键是制度的设立和落地，树立生态环保人人有责的观念十分重要。

弯柳树村自开展垃圾分类以来，每年仅需不到一万元的资金，就可推动垃圾处理正常运转。村民们用湿垃圾制成酵素，代替化肥、农药。这样，既节省了买化肥农药的钱，又保障了农产品的质量，提升了生产效益，使弯柳树村不仅有了"颜值"，还有了"内涵"。

垃圾分类还带动了弯柳树村产业的持续发展。近两年来，弯柳树村大力发展酵素农业、孝心农业，用酵素改良土壤。而弯柳树村良好的生态环境，又成为招商引资和农民增收致富的法宝。周末乡村游、暑期夏令营、孝爱客房等产业应运而生，使弯柳树村充满了勃勃生机和无限活力。

至 2019 年 5 月，已有 8 家企业成功进驻弯柳树村，以农促旅、以旅兴业,村民收入持续增长,"美丽乡村"实现了向"美丽经济"的完美跨越。

弯柳树村在垃圾分类工作上的创新做法,吸引了许多人来此参观学习,还得到了国务院专家的褒扬。

有一次,国务院的有关专家来弯柳树村进行农村垃圾分类基础硬件验收。检查完之后,专家们一致表示:走了这么多地方,这么多村子,只有你们这一个平原地区的村庄,看不到一个塑料袋,看不到白色污染。

一位专家好奇地问:"你们究竟是怎么做的?"

余金霞向专家们介绍了积分兑换和每 10 户设立一个义工岗位的做法,得到了专家们的肯定。

一些塑料生产厂家,每隔一段时间就会到弯柳树村生态文明中心收购塑料袋,卖塑料袋的钱又用到了垃圾分类上。

宋瑞说:"习总书记曾引用王阳明的'身之主宰便是心'和龚自珍的'不能胜寸心,安能胜苍穹',阐述'本在人心,内心净化、志向高远便力量无穷'。垃圾分类也是一项修心的工作,将人心变得净、静、敬。人心净则国土净,人心染则国土染。塑料袋打打结、餐厨垃圾篦篦水。每一个具体行为都旨在修心,唤醒道心,村民的内生动力在垃圾分类的实践中慢慢被激发了出来。"

垃圾分类一小步,生活质量一大步。

如今,弯柳树村的垃圾分类正在走向常态化、规范化,成为乡村人居环境治理的一种新文明、新时尚,弯柳树村村民铆足了劲儿朝着国家级生态文明示范村的目标进发。

3

2017 年 11 月 19 日,是第五个世界厕所日。

世界厕所组织(World Toilet Organization,WTO)是一个关心厕所和公共卫生问题的非营利组织,在 2001 年成立,总部位于新加坡,定每年的 11 月 19 日为世界厕所日。2013 年 7 月 24 日,第 67 届联合国大会通过了世界厕所日为联合国法定节日,"旨在提高公众的认识,激励各国采取行动,帮助生活在没有厕所环境中的 24 亿民众,并共同应对这个经常被忽视并带有禁忌色彩的全球卫生危机"。

据 2012 年联合国儿童基金会和世界卫生组织发布的一份报告,全球仍有 25 亿人缺乏厕所等基本环境卫生服务,11 亿人随地大小便,对公共卫生构成严重威胁。

厕所虽小,却是民生大事。各国在治理厕所方面采取的行动,对减少霍乱、肠道寄生虫、痢疾、肺炎、腹泻及皮肤感染等传染性疾病传播至关重要。

在我国,特别是广大农村地区,无论是公厕还是农户私厕,仍存在这样的情景:两块砖,一个坑,一到夏天就蛆蝇满地,臭气熏天。同时也存在着粪便未经处理直接做肥料使用,雨天粪水随雨水流入沟渠,污染了食物和水源,很容易引发传染病。

建造无害化厕所，及时进行粪便处理，杀死或减少粪便中的寄生虫卵、致病微生物，既能预防肠道传染病和寄生虫病，又能增加肥源，提高肥效，促进农业生产，保护农民身心健康，是小康生活中不可缺少的卫生设施。

20世纪90年代，国家就将农村改厕工作纳入《中国儿童发展规划纲要》和《中共中央、国务院关于卫生改革与发展的决定》。

2018年2月23日，"2018年全国厕所革命工作现场会暨厕所革命培训班"在河北正定县开班，拉开了全面开展"厕所革命"的序幕。

乘着政策的东风，弯柳树村的"厕所革命"也正式启动。

第一步，息县有关部门组成工作组，在弯柳树村开展"寻找乡村好厕所"活动，抽查农户厕所，选出整洁规范的厕所。

抽查中，工作组发现焦庄组骆大妈家的厕所围墙出现倾斜，倘若不是厕所旁的树支撑着，墙体可能已经倒塌。

工作组的负责人说："厕所一定要及时维修，遇到阴天下雨，墙体更容易垮塌，上厕所就很危险。"

他还讲了十几年前发生在息县城郊的一个事故：一个二十多岁的男青年上厕所时，土坯墙突然倒塌，男青年被砸死。

陪同的汪学华说："我马上安排人帮骆大妈整修厕所。"

在新农村社区，工作组发现有两座厕所建在水沟边，粪便直接排到了水沟里。这等于把水沟当成了化粪池，会对公共环境造成污染。而抽查的另外几家厕所，则都很干净整洁。

原来，这几户都是义工团成员家，他们不仅厕所干净，家中还贴着家规家训、《弟子规》等弘扬德孝文化的宣传画。

在村卫生所，工作组发现便池内遗留的污垢很多。工作组的负责人说："解决这样的问题很简单，去买瓶去污剂，好好冲刷，彻底清理干净，以后就好处理了。"

当天下午，"寻找乡村好厕所"活动结束后，评出赵忠珍、李红等6座家庭好厕所，并举行了简单的颁奖仪式。

获奖代表赵忠珍分享了自己的心得体会："自己家的厕所就要收拾得干干净净，全家人都舒服。平时勤快点，收拾得及时点，干干净净的，看着心情也舒畅。今后，我要继续保持厕所卫生，带动更多家庭参与厕所革命，与大家一起建设咱弯柳树村的好厕所。"

叶榄与大家分享了这些年来在全国各地及世界各地与厕所有关的见闻：

"良好的如厕环境不仅是我们日常生活所必需，也是一个国家经济实力强弱，文明程度高低，甚至是价值取向的重要标志。大家是不是以为我小题大做？我先给大家讲个故事。有一家大老板，到一家县级企业考察投资合作。前期大老板已派人来考察过，这家企业的外部环境非常好，这次考察大老板也做好了签合同的准备。可就在考察临近结束的时候，大老板上了一趟厕所，出来就改变了主意，投资合作泡了汤。原来是企业的厕所太脏了。"

叶榄最后总结说："细节决定成败，细小之事反映着人的素质和品位。咱村要大力发展乡村旅游,接待来自全国各地的宾朋好友,所以我们必须搞好厕所革命,让全国人看到咱们弯柳树村的素质和品位。"

无疑,"厕所革命"让弯柳树村人居环境又上了一个新台阶。

4

一天午后,叶榄来到远古公司在弯柳树村的种植基地。

田野里的雪还没有融化,在夕阳的照耀下,泛着淡淡的粉红。天地之间,一片静穆。

离基地办公室还有几十米,叶榄就听见"咔嚓咔嚓"的声响。他走进办公室一看,发现正中间摆放着一台织布机,王春玲正坐在织布机前织布。这几天下雪,她竟织了30多米布。

除了织布,做酵素也是王春玲在下雪天的主要活动。王春玲的丈夫单玉河揭开刚做好的一桶花瓣酵素,一股浓浓的花香立刻在房间里弥散开来。

王春玲说,公司准备去罗山取经,生产出更多的酵素,做孝心农业,把土壤改良得更好。然后与息县的超市合作,推销孝心农产品。

叶榄离开基地时,看见一只灰色的大鸟从天而降,落在不远处的池塘边,姿态优美轻盈,宛若鸟中仙子。

王春玲的儿子单龙龙说:"远古公司流转的1000多亩土

地上，有两只鹭鸟，一灰一白，它们在这里安家已经有一年多了。说来奇怪，这两只大鸟好像通人性一般，只在远古公司所流转的土地上栖息，从来不到一路之隔的另一边去。有时候，它们会和大白鹅一起觅食、嬉戏，相处得非常好。"

叶榄沉思了片刻说："仔细想想，出现这种现象也不奇怪，鹭鸟是生态的指示物，就像息半夏（即息县生产的半夏）这种中药材一样，对环境质量的要求非常高。它们之所以长期停留在你们流转的土地上，是因为你们做孝心农业，用酵素改良了被化肥农药污染的土地。两只鹭鸟对环境的好坏是可以感应到的。"

王春玲兴奋地说："能让这些土地不再被污染，生产出来不带农药残留的农产品，就是我们最大的心愿。"

叶榄说："你们用孝心对待土地，土地也会回报你们沉甸甸的收获，这个收获就是优质的农产品。你们一定要打好弯柳树的孝心品牌，生产孝心无籽石榴、孝心桃、孝心瓜等，和市场对接，和城市对接，在传播德孝文化的同时，更能收获丰收的喜悦。"

如今，远古公司的生态园早已成为白鹭的栖息家园，也成了弯柳树村的一大景点。

走近生态园，经常会看到白鹭飞起飞落，尽情地展现着生命之美、野性之美和自然之美。

来到这里的游客会惊喜地喊："看，白鹭！白鹭！"

他们想不到这里会有白鹭。它们的声声鸣叫，给宁静的生态园带来了一种无以言表的意境与生机。

那一只只翩翩于空中的白鹭,在王春玲眼里就是满载吉祥与祝福的精灵,预示着她的事业蒸蒸日上。

2017年12月28日,由中国城镇化促进会城乡统筹委员会、北京绿十字、息县人民政府联合举办的以"孝心农业、敬天爱人、千年息壤、生态主食"为主题的首届弯柳树孝心农业论坛在弯柳树村召开。王春玲在会上发言时说:"把孝爱之心融入种植养殖全过程中,安心;把绿色农产品送到消费者手中,放心。"

为了让人们吃上无污染的绿色食品,王春玲放弃安逸的生活,义无反顾地选择了生态农业,把弯柳树村作为她和丈夫再次创业的"乐土",从这里出发,期望开辟一条土地与餐桌的绿色通道。

最初,面对刚流转的土地,土壤板结发硬,王春玲不用化肥农药,施用鹅粪等有机肥,但土壤不会一下子就恢复,种植根本没有利润。后来她使用酵素改良土壤,不用化肥农药的水稻长势喜人,比周边上了化肥打了农药的水稻长得都好,还不生虫。现在土壤变得蓬松了,里面还有蚯蚓等益虫。

她种的西瓜,不施一点儿化肥农药,口感特别好,最大的西瓜能长到14斤。

2018年8月,我漫步于远古公司种养殖基地的田埂上,放眼望去,白花花的鹅,绿茸茸的草,果实累累的果树,沉甸甸的稻穗,一派丰收的景象。

王春玲说，按照生态农业的路子，基地的环境发生了天翻地覆的变化。以前挖几十亩虾塘，看不见几条蚯蚓，现在经过改良的土壤，到处都是蚯蚓。刚接手这片稻田时，土壤是硬邦邦的，现在是蓬松的。

我踩了踩土地，果然是松软的。仔细观察，你会发现土壤表面有不少蚯蚓粪便。

在虾塘的土埂上，有一个容积为1000公升的大塑料罐，上面贴着"酵素，酵素，我爱您，感恩您，谢谢您"的字条。王春玲打开盖子，一股浓郁的酵素味扑面而来。

同样热衷于生态农业和孝心农业的息半夏复兴者孙国栋兴奋地说，一定要把酵素用到他的中药材种植基地，提高息半夏的品质。

孙国栋是位"90后"，毕业于河南农业大学。大学毕业后，他回到故乡息县，开始了种植息半夏的创业梦。了解到远古公司在搞生态农业，他专程送去几十斤息半夏种子试种，为下一步和远古公司合作做前期的试验。息半夏对土壤的要求极高，哪里能种植息半夏，就说明哪里的生态好，环境好，土壤好。

王春玲说，有机种植的效果和土壤改良，3年为一个周期。3年之后土壤会更好，有机质会更多。

宋瑞如此概括：内修人文的德孝文化和外修生态的孝心农业，是弯柳树人对长辈孝心和大地孝心的双重实践，希望能探索出一条可持续的生态文明发展之路。

第八章　有凤来仪

加强"美丽乡村"文化建设，发掘和保护一批处处有历史、步步有文化的小镇和村庄。……大力发展文化旅游，充分利用历史文化资源优势，规划设计推出一批专题研学旅游线路，引导游客在文化旅游中感知中华文化。

——摘自《关于实施中华优秀传统文化传承发展工程的意见》

1

2018 年 7 月 5 日，天刚蒙蒙亮，村子里静悄悄的，大多数人还沉浸在酣梦之中。而弯柳树村小学已经迎来了很多学生和家长，他们是来参加"中华青少年德孝感恩乡村夏令营"活动的，将在这里度过短暂而宝贵的 7 个昼夜。

"中华青少年德孝感恩乡村夏（冬）令营"是由宋瑞发起的旨在吸引城市孩子到乡村亲近自然、学习孝道文化的暑（寒）假活动，至今已经举办了十几期，社会反响比较大，受到了孩子和家长们的称赞，已成为弯柳树村一个著名品牌，也是村里德孝文化产业的重要组成部分。

全国各地的孩子和家长聚集于弯柳树村，从见面的鞠躬礼开始,接受传统文化的洗礼,完成一次不一样的人生体验。

夏令营的老师说:"首先欢迎大家远道而来,在弯柳树村进行为期一周的德孝夏令营活动。"

接着,老师给大家作了活动期间的具体安排,并详细介绍了注意事项:

1. 夏令营期间,所有学员将与弯柳树村村民同吃同住同劳动,组成临时家庭,在学习及生活当中例行《弟子规》,通过课下自己(例行一日常规)做饭、洗衣、整理房间等,所谓"习劳知感恩",体谅父母的不容易,启发孝心,学会吃苦励志。

2. 课程期间,学习待人接物的各项传统文化礼仪礼节,培养良好生活习惯;学习传统文化舞蹈,学唱德音雅乐;懂得什么是孝道,为什么尽孝,如何尽孝,尽孝对自己的人生会有什么的改变。

3. 读经典,开智慧,带领孩子诵读《大学》《论语》《中庸》《孟子》《道德经》等经典,认识中华优秀传统文化。

4. 组织所有学员参加清洁乡村、慰问孤寡老人等活动,体会农民劳作辛苦,生活应该付出,培养社会责任感。在劳动中学会感恩,在团队中学会合作。

....

德孝夏(冬)令营的目的就是坚持从生活实际出发,从言谈举止、衣食住行等点滴小事做起,让学员在做中学、学中悟,例行德孝,传承美德,建立正确的人生观、价值观,做有道德、知感恩、能担当、有修养的中华好少年。所有学员都要严

238

格要求自己,学会自我管理,自我成长。

新的一天开始了,久居都市的孩子们对这里的一切都感到特别新奇。

这天上午的第一节课,是卢老师教手语舞《生命之河》。这里的每一位老师都和蔼可亲,温和的话语很有吸引力,孩子们专心致志地听着老师的讲解。令人眼花缭乱的手语舞,孩子们学个两三遍就能很流畅地表演了。

接着是梅老师讲《弟子规》,她用生动的故事让孩子们明白了"长者先,幼者后"的道理。下课了,孩子们一改听到下课铃声就争着向教室外跑的行为,而是安静地坐在座位上,等到家长离席后,他们才有序地走出教室。

梅老师说,中华民族把"礼"作为修身的最高境界,荀子说:"人无礼则不生,事无礼则不成,国家无礼则不宁。""礼"是从正心、正容、正服饰、正言、正行开始的。一个有良好修养的人,一定是身心柔和、表情庄敬、服饰整洁、言辞得体、行为端正的人。因此,同学们要时时注意自己的一言一行。

寓教于乐是德孝夏(冬)令营的一个主要特点。如大型互动游戏《领袖风采》,孩子们从中体会到了团队精神的重要性,体会到了父母的艰辛,树立起了勇于承担责任的信念和勇气。再如大型互动游戏《破产》,孩子们从中认识到了现实的严峻,自己稍稍疏忽,就会带来沉重的灾难。

清洁乡村也是德孝夏(冬)令营的一项活动。活动以团队为单位,制订出自己的实施计划书,设立分工、执行、检查等流程,孩子们从中学会了自我管理,懂得了保护环境、珍惜粮食,体会到了农民的艰辛。

帮助孤寡老人收拾房间,为老人做饭,搀扶老人散步,聆听老人的人生故事,为老人建立感恩档案,为老人拍照,建立关爱机制等,通过与老人零距离接触,孩子们知道了社会上还有许多需要他们关爱的人,立志将来做一个有社会责任感的人。

活动第六天,是例行德孝环节:老师让孩子们制作《我为父母尽孝计划书》,包括时间、内容、措施、检查人等,接受家长、老师、同学的监督,目的是让孩子们将德孝感恩在以后的生活中保持下去。

接下来是家长与孩子感恩见面会:孩子跪拜父母,为父母洗脚,感恩父母,向父母忏悔,立命立愿,宣誓要做一个有道德的好儿女,好好学习,立志成才,报答父母,报效祖国。

晚上举办德孝文艺晚会。晚会上,孩子们向家长汇报学习德孝文化的成果,展示风采,留下成长纪念。

第七天,举行结营典礼。孩子们进行总结,老师布置作业,评出优秀学员和团队并颁奖。

为期一周的夏(冬)令营活动结束了,许多"问题"孩子发生了质的变化,回归到正常的人生之路。而陪伴的家长们,曾经因为孩子的"不可救药"或痛苦不堪,或万念俱灰,现在则再次燃起了希望。

一位妈妈流着泪说:"太感谢了,感谢老师们,我对孩子本来都不抱什么希望了，放弃了，没想到他现在变成了一个体贴和顺、讲道理的好孩子，还知道尊敬父母，懂得孝道了。"

临走的时候，无论是孩子还是家长都恋恋不舍。然而刚来的时候，很多孩子和家长都嫌条件差，有的孩子听说要住到村民家里，还要上课学习，就嚷着要走。一些家长对传统文化的力量也是半信半疑，直打退堂鼓。直到活动开始后，孩子一直在向好的方面发展，可以说一天一个样。家长们也在学习中认识到自己的问题，改变了与孩子相处的方式，母子关系、父子关系变得越来越和谐。

"中华青少年德孝感恩乡村夏（冬）令营从 2014 年开始举办，现在已经很成熟了，成了闻名全国的青少年德孝文化教育品牌。最主要的是，夏（冬）令营利用村民闲置房屋，前期投资少，村民们忙活一个多月，接待几个人吃住，就有一笔可观的收入，积极性很高。现在已经发展成村里最主要的农户增收产业。"提起德孝感恩夏（冬）令营，宋瑞很有成就感，"当然了，这跟弯柳树村传统文化教育的成功分不开，如果没有前期村容村貌、村风民风的改变，夏（冬）令营就办不起来。"

德孝感恩夏（冬）令营也为弯柳树村的孩子带来了精神"大餐"。村里的孩子大部分是留守儿童，自从有了德孝感恩夏（冬）令营，他们也和城里孩子一样，拥有了丰富的假期生活。传统文化还赋予弯柳树村的孩子独特的气质。无论什么时候，孩子们见了陌生人，都会大大方方地迎上前，面带友善的微笑，深深地鞠上一躬，甜甜地说一声"您好"。

2

在弯柳树村金波公益演唱会上,息县旗袍表演队表演的旗袍秀深受观众喜爱,至今弯柳树村村民还念念不忘。谁也想不到,旗袍表演队的一名演员竟由此与弯柳树村结下了不解之缘,她就是王春玲。

生于1974年的王春玲,是土生土长的息县女儿,她卖过电器、服装,还是某品牌冷鲜食品的息县总代理,生意做得风生水起。长相漂亮的王春玲心怀诗意,尤其喜爱旗袍,业余时间热心旗袍文化推广。

那天,王春玲演出完,与大家一起参观了德孝文化长廊,与村民的攀谈中,她真切感受到了德孝文化给弯柳树村带来了实质性的变化。

王春玲非常震撼。回到家,她还在回味弯柳树村的故事,彻夜无眠。这段时间,王春玲一直在纠结冷鲜食品的生意要不要做下去。经常出现的食品安全事故,让她对自己经营的冷鲜食品也有些担心。特别是父亲、姑姑患癌症相继去世,她在痛苦中开始思考食品安全与健康的问题。

次日,王春玲就迫不及待地与丈夫一起来到弯柳树村找宋瑞。她与宋瑞可以说是一见如故,宋瑞的气质和谈吐深深地吸引了王春玲。在宋瑞的感召下,王春玲也开始学习传统文化,并踏上了一条以"良心"为根基的生态农业扶贫之路。

王春玲与宋瑞进行了一场开诚布公的长谈,这应该就是远古公司生态农业项目在弯柳树村落地的序曲。

为了一种情怀,为了一种信念,王春玲放弃安逸的生活,做出了一次跨行业的选择,从冷鲜食品代理跨越到食品的源头产业。当年6月,王春玲就在弯柳树村流转了1000多亩土地。

王春玲夫妇与宋瑞对远古公司生态农业项目进行了详细而长远的规划,总体思路是按照"一园、六区、一基地"的框架进行建设。

一园,即现代农业生态园。六区分别是:无公害软籽石榴为主的采摘园区、无公害水稻立体套养小龙虾区、立体生态养殖园区、农家乐垂钓区、农家乐餐饮区、农家乐娱乐区。一基地,即传统文化教育基地。产业涵盖了果蔬种植、家禽和水产养殖。

总目标是大力发展"孝心农业",将弯柳树村现代农业生态园打造成豫南地区最大的绿色自然农耕园区,成为弯柳树村德孝文化的重要载体。

王春玲说,是宋瑞书记和弯柳树村的德孝文化,致良知的伟大力量,使她树立起做绿色有机食品,让更多老百姓吃上安全健康食品的信念。有了这种信念,她与丈夫重拾初心,回归自然,扑身于土地上,潜心探索"以种植促养殖,以养殖促种植"的绿色循环生态农业之路,最终让梦想在田间地头开花结果。

大概是好事多磨,王春玲夫妇在弯柳树村的事业最初并不顺利。她对刚流转的土地进行了土壤检测,结果是农药残留超标。而要种植真正的无公害农产品,必须保证土壤达标。另外,因为长期大量使用化肥,土地板结也非常严重。

为了改良土壤,王春玲采用果树下散养大白鹅的方法,鹅以草为食,为农田除草,而鹅粪又是很好的有机肥,促使土地尽快恢复"元气"。

2017年7月,王春玲购进5000只鹅崽放养到地里。可偏偏天公不作美,第二天就下起了暴雨。因为雨太大,积水不能及时排出,柔弱的小鹅崽陷在泥泞中,挣扎着无法动弹,如果不及时把它们救出来,它们很快就会死掉。

王春玲与丈夫、儿子冒雨把鹅崽一只一只地救出来,再转移到安全的地方,还要一只一只地洗干净。他们在暴雨中忙活了一天一夜。尽管穿着雨衣,但浑身上下还是湿透了。雨水与汗水混在一起,他们顾不上吃饭喝水,一家三口忙完倒下就睡着了。

桃园里,不少桃树都挂果了。看着桃子一天天长大,累累果实被阳光染上一层胭红时,王春玲别提有多兴奋了。然而,令人闹心的事情发生了:即将成熟的桃子,几乎每一个都被鸟给啄了。

看着被小鸟啄过的桃子,王春玲真是心疼。但又有什么办法呢,总不能去捕杀小鸟吧。

王春玲对那些嘴馋的小鸟说:"请你们少吃一些,给我留一些吧。"有时候,她在桃园里一待就是大半天。

丈夫安慰她说："不要心疼了，这些鸟其实是来帮助咱们的。"

王春玲不解地看着丈夫。

丈夫解释道："桃树第一年结果不能太多，太多了就会超负荷，对桃树生长不利。"

王春玲一想，是这么个理。对啊，我们应该感谢小鸟帮忙呢。我们人要活，也得让小鸟活啊。

随着对传统文化学习的深入，王春玲的内心也发生了质变，她与丈夫、儿子达成共识，不再把追求利益作为经营的唯一目标，而是开始追求天人合一、人与自然和谐的自然大道，以良知做孝心农业，生产出安全的农产品，以全家之力向社会奉献出一份爱。

经过一系列的调整之后，远古公司逐渐步入良性、稳健的发展轨道。

经过反复试验，王春玲探索出一条独特的改良土壤的路子：用家畜粪便、植物叶茎、腐烂瓜果等制成酵素，酵素既可以充当有机肥，还可以起到灭虫效果，生产的农产品真正达到了有机标准。

2018年，王春玲把流转的一部分土地拿出来，由公司出资，与村民共同种植软籽石榴。第二年，这些石榴树就成为绿色田园里的一大亮点。从栽下树苗，到生根发芽，再到开花结果，都让王春玲感到幸福，她认为这是大地母亲的馈赠。当树上挂满粉嘟嘟的果实时，王春玲开心地笑了，这情景曾无数次出现在她的梦里。

她说,树是有生命的,要像爱自己的孩子一样爱这些树,给它施肥、灌溉、培土、剪枝,每天都能感受到树的生命力。每天忙完,不管多晚多累,她都会围着果园转一圈,用心去呵护它们的每一个变化。

王春玲的行为感动了叶榄。2017年6月,叶榄考察远古公司的农业生态园之后,提出"孝心农业"的概念。其实,王春玲一直都在践行孝心农业和自然农法的理念,精耕细作,用酵素替代化肥农药,把孝心献给大地母亲。

叶榄说,先是宋瑞在弯柳树村的德孝文化实践感染了他,后来王春玲的自然农法实践又令他震撼。这无疑是对人文和自然实践的创新,让他"灵光闪现",脑海中不觉就呈现出"孝心农业"这个概念。

"她的思想已经达到了生态文明的高度。"叶榄如此评价王春玲,"如果说宋书记、余部长做的是对父母长辈等人类社会的孝心,那么王春玲做的就是对大自然的孝心。她在用实际行动保护乡村环境、修复土壤、保育生态、传承自然农耕,这就是对大地对自然的孝心。"

从成立至2019年,远古公司在弯柳树村的投资已突破1500万元,共流转土地1000多亩,发展酵素水稻、有机蔬菜、软籽石榴等种植项目,150亩小龙虾、100万只肉鸡、5000只鹅等养殖项目及沼气池等生态农业项目,种植坚持不用化肥、农药,养殖不用激素等饲料添加剂,产品上市后颇受消费者好评。

远古公司每年为弯柳树村提供 200 多个就业岗位，并优先安排贫困人口就业，村民们不用再背井离乡外出打工，守住家就能过上富裕生活。而生态种植、养殖有效地提高了土地利用率，效益增加了，也为企业带来了丰厚的回报。

像王春玲一样被弯柳树村良好的投资环境吸引来的，还有息县金祥旺公司的股东周龙。2017 年 10 月，他斥资 800 万元，在这里流转土地 150 亩，种植果树，开办农家乐和生态采摘园，搞立体养殖。

3

2018 年初冬，弯柳树村李晶的 20 多座蔬菜大棚一溜儿铺开，在阳光下泛着耀眼的白光，飘荡着淡淡的雾气。

叶榄与息县有关部门领导再次来到李晶的蔬菜大棚。棚内温暖如春，黄瓜、番茄、茄子等果实累累，芹菜、韭菜、菠菜等青翠欲滴。

李晶在大棚里摘了些黄瓜，洗好让大家品尝。他自己则拿起一根没有洗的黄瓜，用手一捋，便直接吃起来。

李晶说："我这大棚的菜全都不上化肥不打农药，可以放心大胆地吃。"

大家品尝之后，感觉比市场上卖的黄瓜口感好很多，吃出了二三十年前那种清爽的味道。

李晶是一名党员，在广州打工 17 年。当有一天他回到村里时，发现村子变了，变得他都不敢认了。他突然不想走了，在外漂泊了那么多年，真的累了，为什么不能在家乡干事业呢？一番思量之后，他决定回来。

2015 年，李晶带着他的梦想，带着对故土的深情，告别了游子生活，在家乡这片生他养他的热土上开始了自己的事业。他投资 40 多万元，流转土地 30 余亩。

李晶围绕"孝心蔬菜"这一品牌，借鉴王春玲的生态农业模式，打造了一座有机绿色田园农庄。他用酵素代替化肥，不使用任何化学药剂，种植的瓜果蔬菜，不仅没有农残，而且口感颇佳，一上市后就受到人们的追捧。如今，李晶的"孝心蔬菜"以优质、无公害远近闻名，俏销市场。

李晶的父亲正在大棚里忙碌着，他衣服上的字十分醒目：前面是"孝心菜"，后面是"田园农庄　弯柳树孝心菜"。从这一细节上，可以看出李晶在品牌塑造上颇为用心。

说起"孝心菜"，也与叶榄有关。2017 年 8 月，叶榄来弯柳树村调研人居环境，第一次见到李晶。交谈中，叶榄了解到李晶曾到山东寿光学过蔬菜大棚种植技术。

叶榄与宋瑞等人在蒸笼一样的大棚里转了一圈，出来时大汗淋漓，就像蒸了桑拿一样。

叶榄擦了一把脸上的汗，问："你这菜地怎么灭虫啊？"

李晶答道："大棚里温度这么高，湿度又大，菌类也多，根本没有虫。"

叶榄恍然大悟，笑道："就是，人在里边时间长了也得热晕，何况小虫？"

接下来，叶榄向李晶说了自己的想法："你可以发挥弯柳树村知名度高的优势，把自己种植的蔬菜打造成弯柳树孝心菜品牌。这样既宣传了弯柳树，又宣传了孝心农业与生态文明。"

同行的息县领导都很赞同。

宋瑞说："叶老师的这个想法太好了，还有孝心农业的概念，这等于为咱村的生态农业打上了一个标签，下一步咱就要围绕生态农业做文章，着力打造孝心农业品牌。"

李晶信心十足地说："我一定按照各位专家领导的建议做，争取把'孝心菜'这个牌子打出去，为咱弯柳树增光。"

李晶说到做到，短短几个月的时间，孝心蔬菜已是名声在外，成为弯柳树村一个发展势头强劲的产业。

李晶对叶榄说："叶老师的主意真是'妙招'，德孝文化和孝心农业品牌，对'孝心菜'的销售有很大帮助。今年的效益很不错，差不多已经收回投资成本了。"

一位县领导鼓励道："要稳扎稳打，把孝心菜的品牌做得更大。"

2018年初夏的一天上午，我见到了李晶。

他正在筹备流转土地的事，他准备采用砌土墙的办法种植香椿，还准备再建一个果园，在果园里散养土鸡。

"规模扩大了，品种单一了不行，得搞多种经营。比如香椿芽,采用这种技术,可以在冬天上市,效益会比较高。"

李晶的蔬菜大棚,用工一直都是贫困户优先,为村里的脱贫攻坚做出了贡献。

李晶的孝心蔬菜大棚管理非常严苛,他说:"为了保证孝心菜的绝对安全,喝酒抽烟的人不能进,酒气和烟味都会影响到作物的生长。使用化妆品的女性也不能进,化妆品含有重金属,也会影响蔬菜品质。"

"不会吧? 这么严啊。"

"很多人都说我有点儿夸张,但我就是这么坚持的。既然向消费者承诺了有机无公害,就得保证万无一失,不能有任何隐患。"

李晶虽然学历不高,但在几年的大棚种植中积累了丰富的经验,已然成为一个实打实的优秀种菜专家。

宋瑞曾说,弯柳树村最需要的就是像李晶这样的本土乡村精英和脱贫致富带头人,他们有家乡情怀,在村里又有人脉关系,大家信得过他们,愿意把土地流转给他们,也更能激发大家跟着他们的脚步走。

李晶成为回乡创业的榜样。弯柳树村在外打工的人,循着李晶的脚步纷纷回村投资创业。村民许建回村创建了息县建业种植专业合作社,带领贫困户种植莲藕。

4

周末一大早,弯柳树村的广播就响起来了。

"各位父老乡亲,为答谢大家一直以来的支持,弯柳树村生态农业发展有限公司决定把生产的第一批香菇酱拿出来请大家品尝,也请大家提提意见,提提建议。每户可以免费领两瓶,地点在村文化广场。领者从速……"

广播里喊话的是弯柳树村生态农业发展有限公司董事长付金鹏。

付金鹏是息县孙庙乡的一位"90后"小伙子,前些年一直在北京做水果批发生意,干得很不错。让他放弃北京的生意回家乡创业的由头,是一次走亲戚。

2016年春节期间,付金鹏到弯柳树村的姨家走亲戚。一进村,他就发现了弯柳树村的变化。这还是弯柳树村吗?在他的记忆里,弯柳树村是一个垃圾遍地的脏乱村。而今天,他一路走到姨家,连一个纸片都没见。最让他吃惊的是,村里的人跟以前不一样了,不管认识不认识,都热情地打招呼,一副彬彬有礼的样子。付金鹏有点纳闷——过年了把村街打扫干净不足为奇,这人都这么友善和气,可不是一下子就能改变的。

付金鹏忍不住询问姨夫,这才知道了弯柳树村这几年发生的故事。

姨夫很自豪,还拉着付金鹏到村里转了一圈,在道德讲堂看了村民们的演出。

姨夫像个导游一样,边走边介绍,道德讲堂、歌舞团、义工团、饺子宴等,这些体现弯柳树村深刻变化的新生事物,令付金鹏内心非常震撼。

付金鹏被感动了,就在那一刻,他萌生了回乡创业的念头。

去辽宁锦州看望舅舅时,付金鹏把自己的想法告诉了舅舅。

付金鹏的舅舅沈建军,老家是息县孙庙乡沈寨村,参军后到了锦州,退役后就留在了那里。一开始在外资食品企业打工,积累了不少食品生产、管理和营销经验,十几年前辞职后在当地办了一家酱菜厂。

付金鹏的舅舅听后很是兴奋,说:"金鹏呀,我早就想回家乡发展了。我在这干得也不错,但毕竟是身在异乡,总觉得缺点什么。"

付金鹏一听高兴地说:"好啊,我们都回老家发展,咱可以合伙干。"

沈建军满口答应:"好,咱爷俩合伙干个大事。"

舅甥俩经过反复商议,又进行了行业咨询和市场调研,并结合息县大力发展生态产业的政策,与宋瑞进行了多次沟通,最后确定以沈建军现有的酱菜生产经营优势为基础,在弯柳树村建一个食品深加工工厂。

说干就干。付金鹏、沈建军回到息县与弯柳树村正式签订了合作协议,息县弯柳树生态农业发展有限公司(简称生态发展公司)落地弯柳树村产业园。

注册公司,建厂房,购买设备,招工,技术培训等,一切都按部就班地推进。2019年4月18日,占地7亩、投资500多万元的生态发展公司举行了隆重的揭牌仪式。

付金鹏说,他们的产品完全按照弯柳树村生态农业发展的方向,做良心食品,不使用添加剂,保证食品安全。

聊起公司的生产,付金鹏充满了信心,他说现在刚投产,设备和工人不能全部到位,原材料本村也不能生产。明年,公司打算自种100亩无公害马齿苋,再发动本村的种植合作社大量种植。马齿苋是一种保健蔬菜,深加工产品市场紧俏。可以制成脱水蔬菜,吃的时候用水一泡跟新鲜的一样。还能制成罐装蔬菜,保留着新鲜蔬菜的营养和口感。也能切段制成不同口味的酱菜。

付金鹏还说起了种植马齿苋的效益:马齿苋一年可以收三次,每亩地收入可达5000元。

正如息县一位领导在揭牌仪式上所说:"(生态发展公司)项目的实施对我县培育优势主导产业,发展健康种植,促进农业可持续发展和社会主义新农村建设具有重大意义。"

根据预测,生态发展公司设备全部达产后,每年可产生1000万元的连带效应,带动弯柳树村及周边乡村农民共同致富,促进弯柳树村及周边乡村振兴。

5

2016年3月,弯柳树村德孝文化乡村游启动仪式上,息县领导为南阳企业家吴刚颁发了"弯柳树村荣誉村主任"的聘书。

吴刚接过聘书，激动地说："首先非常感谢弯柳树村对我的信任。我知道，这不是一个简单的聘书，而是一份沉甸甸的责任。从今天开始，作为荣誉村主任，我要把弯柳树村的脱贫致富和发展时刻挂在心上。以后我会常来村里，为村子的发展出谋划策，贡献自己微薄力量。"

2015年5月，作为南阳市敬老文化协会副会长的吴刚，与协会的部分成员一起，第一次来到弯柳树村，认识了宋瑞。

吴刚了解到宋瑞的情况后，非常钦佩地说："宋书记作为一个从省城来的领导干部，离开家和孩子，来到这样一个偏僻落后的村子蹲点扶贫，一连几年吃住在村，整天不辞辛苦为老百姓谋幸福生活，真的让我特别感动。"

那天，宋瑞特意安排吴刚上台发言。

吴刚站在舞台上，激动地说："各位父老乡亲，大家好！其实我也是从穷的时候过来的，今天我参观了咱村之后，一直在思考一个问题，弯柳树村为啥会这么穷呢？我结合自己的经历进行了思考，明白了一个道理，那就是物质的贫穷并不可怕，这只是一种表象。而内心的贫穷，才是真正让人可怕的。宋瑞书记来咱村后开展传统文化学习，就是要点亮我们内心的那盏灯。我们一定得有梦想，有了梦想才会有奋斗的动力。穷则思变，变则通，通则久。思变不是改变别人，而是改变自己，从改变自己做起……"

吴刚是湖北随州人，兄弟姊妹 6 个，他排行第六，小时候家里很穷，十岁才上学，上到高一时因为交不起学费不得不辍学，此后便开始打工，吃了不少苦。

吴刚从进入社会起，就暗暗告诫自己：人穷志不能短。凭借诚信，能吃苦、有思想，他从小工做起，一步一步成为一个身价十几亿的房地产老板。

吴刚崇尚慈善。1995 年，还在做铝合金装饰装修生意的吴刚，手上只有一万元积蓄。但为了资助一个清华大学的贫困生，他又借了一万元，凑齐两万元，帮那位贫困生圆了大学梦。

有一次，吴刚在参加一个为期 10 天的传统文化培训之后，面对 500 多名学员，他当场表态："我回到南阳一定要建个国学大讲堂，能容纳 500 人的大讲堂，要让南阳一千多万人生活在道上，帮他们开悟人生，走向美好。"

2013 年 10 月，吴刚遵守诺言，开办了南阳最大的万达国学大讲堂。

宋瑞书记曾邀请吴刚来弯柳树村给村民讲自己创业的故事。吴刚欣然前往，随行的还有南阳的一些企业家，他们来到弯柳树村演讲、参观，捐款捐物。

古柳逢春春意浓，德孝传家家业兴。人心改变、民风逆转的弯柳树村真的兴旺起来了。

第九章　迈向伟大

脱贫其实是特别艰难的一件事儿，因为贫困的人群他产生的原因可能会很多，比如会有地域的原因，可能会有历史的原因，但是最根本的还是人的原因。……要把一个村改变好，有时候跟改变一个国家是一样的。

——著名作家刘震云

1

翻开宋瑞的驻村扶贫日志，可以看到字里行间充满了激情与火热。

宋瑞将自己的驻村扶贫日志本命名为"迈向伟大"，足见她作为一名扶贫工作者的胸怀与雄心。读她的日志，体悟她的内心世界，禁不住会为她的某种做法感动得泪眼迷蒙，被她的某句话拨动心弦激情澎湃，被她的某个想法打动而钦佩——

××××年×月×日

今天，看了央视微视频《新时代，去奋斗!》，心中感动、振奋。

习总书记说："新时代属于每一个人，每一个人都是新时代的见证者、开创者、建设者。只要精诚团结，共同奋斗，就没有任何力量能够阻挡中国人民实现梦想的步伐!"

总书记圣贤明君之心，始终把人民放在心中最高位置，与人民共呼吸共命运，每一次讲话，都把全国人民的心紧紧地凝聚在一起，把每一个人内心的力量和干劲都激荡出新的高度。如阳明先生一样，良知清澈。

回想五年驻村实践，与时代同行的五年，收获满满的五年，而最大的收获就是带领弯柳树村的乡亲们学习总书记讲话和致良知。

"致良知+扶贫"模式，让我找到了弯柳树村全面发展的方向。

1. 扶心扶志，化育人心；

2. 发展产业，脱贫致富；

3. 乡村振兴，迈向伟大。

能为脱贫攻坚而奋斗，为乡村振兴而奋斗，是多么的幸运。感恩伟大的时代，给我磨炼自己的机会和平台，我是如此幸运扎根乡村，在弯柳树村脱贫攻坚一线践行党的宗旨，服务基层民众。带领弯柳树村两委班子和乡亲，共同奋斗，为党中央干出一个脱贫攻坚的样板村，乡村振兴的示范村，引领中国农村走向美好幸福，打造中国农民精神，弯柳树村迈向伟大！

××××年×月×日

近段通过学习《文化自信与民族复兴》，越来越清晰地认识到"照镜子、洗洗澡"的明心、净心，是抵达良知的唯一途径。

反省、觉察起心动念，在念头起处对不善的念头即斩草除根。逐渐找到着力点、用力点，对弯柳树村五位一体发展走出乡村振兴之路的计划，在现实面前好似被层层捆绑，千难万难。

反省原来根本原因是我胸怀、格局、智慧、能量、勇气的不够所致。

没有做到全力以赴，还要"把命押上"，在心灵深处建设心灵品质。有什么样的心，就会有什么样的道；有什么样的道，就会有什么样的德；有什么样的德，就会有什么样的事业。

有怎样为人民服务的心，就能得到人民怎样的支持和响应，最终带领村民走上家庭和谐、生活幸福之路，带领弯柳树村走上"产业兴旺、生态宜居、乡风文明、治理有效、生活富裕"的乡村振兴之路。

不管一切如何，决心舍得一身剐，"把命押上"，走出一条拒绝一切形式主义、官僚主义，切实造福农村和农民的真正乡村振兴之路。

xxxx年x月x日

春节在家静下心来，反省几十年的生命历程。

不敢回望！原来以为是对的，对照古圣先贤和习总书记用典理念，细细观照竟是错的。多年前读一本经典时看到有句话："南阎浮提众生，举止动念，无不是业，无不是罪。"

当时还不服气，我这么一个好人怎么会无不是罪、无不是错？

对照学习致良知的明心、净心五步法，把心灵深处的念头一个一个深挖出来时，惭愧得无地自容，自己吓得冒汗！那么多似是而非的念头在无明中习以为常，那么多自欺欺人的心念憧憧不绝，才慢慢明白了圣贤教导"如临深渊，如履薄冰"。

圣贤经典的良苦用心，修一颗纯粹的心是多么艰难而漫长的一个大工程！感恩古圣先贤给我们"五步法"，感恩习总书记给我们治国理政的"灯塔"，拉着我们的手一步一步向前走，让我能及时调转方向，回到内心。坚信"圣贤之道，吾性自足"，种瓜得瓜，种豆得豆。

下死功夫把私欲、无明一个个拔除，复得天理昭彰，内心一片光明。生逢这个伟大的时代，追随圣贤，薪火相传，紧跟领袖众志成城，和同志们一起为实现中华民族伟大复兴而鞠躬尽瘁，死而后已。

不负时代，不负圣贤，不负自己本具的和圣贤一样的一颗光明之心！

xxxx年x月x日

每次在乡亲们面前，我的心灵都会受到洗礼，我们只做了一点儿微不足道的事情，乡亲们却回报给我们无限的爱和信任。只要我们党员干部心中装着群众，群众都会无条件的热爱党、信赖党，踏踏实实跟党走！也常常被新当选的6位村干部积极、主动、担当的精神所感动！有了心里装着村民、积极进取的村干部队伍，有了不断觉醒的乡亲们，对弯柳树村"五位一体"的发展，再上台阶，我充满坚定的信心！

在县委、乡党委的领导下，2018年弯柳树村的脱贫攻坚工作，就像习总书记所说：逢山开路，遇水架桥，不骛于虚声，不驰于空想，幸福真的是奋斗出来的。

弯柳树村，在学习致良知和十九大精神过程中，村干部、党员素质不断提升，担当意识增强。干部能做榜样，群众就信服，党群一心，干群一心，脱贫攻坚，乡村振兴，前景一派光明！

××××年×月×日

圣贤之苦心处，就是舍生忘死救天下苍生离苦得乐。

孔子汲汲遑遑如求亡子于道路，而不暇暖席。习总书记奔走全国各地，只为唤醒人心，造福人民！一批学习中华优秀传统文化、践行党中央关于文化自信战略部署的有识之士无私奉献、奔波于各地。昨天芳子老师一行从致良知四合院赶到息县已是夜里9点多，今天上午在县城为息县各乡镇的宣传委员、驻村扶贫第一书记等800多人授课。下午来到弯柳树村，为村党员干部、义工团和贫困户、低保户200多人授课。

一天课程结束，看着又累又冷的芳子老师，心中感动得落泪。这一刻突然感受了致良知四合院的苦心处，正是圣贤的苦心处！唤醒所有的中国人回到良知，提升心力，绽放生命，实现幸福。让贫困地区早日实现小康，共同走向新时代，我理解了致良知四合院对弯柳树村的大力支持的苦心，在决胜脱贫攻坚的进程中，为中国农村做出一个致良知致幸福的榜样，为乡村振兴做出一个样板，引领广大农村走向全面小康，全面幸福。

致良知是一种伟大的力量，一定能在打赢脱贫攻坚战，实现乡村振兴战略中发挥无可替代的巨大作用。想到此，我的心中充满力量和坚定的信心，弯柳树村决不辜负党中央的脱贫攻坚精神，决不辜负河南调查总队党组的期望，决不辜负致良知四合院老师的厚望，我们尽锐出战，迈向弯柳树村全面发展的新时代!

2

2018 年 10 月 10 日,从北京传来喜讯:宋瑞荣获"全国脱贫攻坚奖·贡献奖",赴北京参加国务院扶贫办与中央广播电视总台联办的《庄严的承诺——2018 年全国脱贫攻坚奖特别节目》的录制。

消息传到弯柳树村,乡亲们沸腾了,情不自禁地唱起来,跳起来。

有人唱起了息县第九小学校长张玉龙专门写给宋瑞的歌:

是那个简陋的小屋,贮存着你到来时的梦想;
是那棵弯弯的柳树,见证着你平日里的几多繁忙。
你手捧着阳光走来,把村子里的树梢房舍照亮。
莺飞鱼跃,善舞歌扬,
你和乡亲们一起耕耘在希望的田野上。
…………

10 月 17 日(第五个国家扶贫日)22 时 38 分,《庄严的承诺——2018 年全国脱贫攻坚奖特别节目》在 CCTV-1 综合频道播出。弯柳树村的乡亲们,丢下手中的活计,早早地来到道德讲堂等待着节目开播,与在京城的宋瑞一起分享颁奖那一刻的喜悦与快乐。

而宋瑞，面对这份沉甸甸的荣誉，说得最多的是感恩。

她说："我做得还太少，而组织给我的荣誉已经很多。我有信心和乡亲们一起，再大干3年，把弯柳树村建设成脱贫攻坚的样板村、文化自信的示范村、乡村振兴的试点村。到2020年，向党中央交出一个物质文明和精神文明双丰收的小康村、文化村、良知村、幸福村！"

这是宋瑞的理想，更是她无怨无悔的承诺。

今天的弯柳树村，规划好的蓝图正在逐渐落地——

以"孝爱""感恩"为载体的德孝文化公司如火如荼，传统文化培训已发展成为支柱产业。全国有19个省（自治区）的20多名传统文化志愿者常驻弯柳树村服务。

近年来，弯柳树村获得各类扶贫资金3000多万元，建起了文化广场、自来水厂、小学教学楼、标准化卫生室等公共基础设施，人居环境得到极大改善，成为名副其实的美丽乡村。

2018年，投资800万元、占地6亩的新时代农民讲习所建成投用。它除了肩负起道德讲堂的功能，还是一个集培训、学习、演出等一体的场所，开启村集体经济"造血"新功能。

全国各地有近200名企业家到弯柳树村考察投资和手拉手扶贫，其中40名企业家荣获"感动弯柳树村爱心企业家"，先后有7个扶贫产业项目落户弯柳树村，建起了村级扶贫产业园、电商物流园。不仅弯柳树村村民都能在村里工作，还吸引了不少周边村的剩余劳力前来务工。

弯柳树村还建起了玫瑰花卉、种苗、个性观赏等基地。这些基地都是通过土地流转建起的"特帮生态产业体验园",不仅提供了数百个就业岗位,也为当地群众增加收入提供了多种形式。

3

时光进入 2019 年, 弯柳树村全村 125 户贫困户(2014年建档立卡)已全部纳入产业扶贫项目中,其中 116 户已经脱贫,余下的 9 户未脱贫家庭将是重点帮扶对象。

至年底,宋瑞的第三轮驻村即画上圆满的句号。

人们常说,有再一再二,没有再三再四。宋瑞已经"再三"了,总不会"再四"吧?

2018 年底我在弯柳树村采访时,与一些村民谈到宋瑞的去留问题,他们都不愿意让她离开,但又难以启口挽留。

宋瑞的驻村扶贫完全可以用"完美收官"这四个字来形容。每每与她交谈,都尽可能地避开去与留的话题,生怕她会因我的追问陷入两难处境。她已经驻村 7 年,再让她留下来,真是不近人情了。

就在庚子年正月即将过完的当儿,弯柳树村一位村民发来了宋瑞与女儿的两封信,再次让我为之感动。一对母女之间,信的内容居然大部分都是在谈工作。

女儿李匋染致母亲宋瑞的信：

亲爱的妈妈：

见信好。距离疫情开始爆发已经过去一月有余，不知道您在前线是否真的安好？

记得您第一次跟我提起下乡锻炼那已经是好久远的事情了。开始您去了南阳，我们的老家，虽然是小城市，但是我能感觉到您的开心，可我没想到您一去就是六年。我等啊盼啊，终于盼到您可以回来了，您又告诉我要去信阳的一个村子里。当时我心想，您是真的不想碌碌无为过一生，所以您的决定我都支持。现在想想如果我当初知道那里条件那么艰苦，我真的不知道我是否还会做一样的决定。我是真的心疼您，心疼您一个女人独自挑大梁去做事，去做很多男人都做不成的事。每次您回家还要坐很久的车，路途奔波，年轻人都不一定受得了长年累月的这样生活。第一次知道村民开始变化的时候，您打电话给我特别喜悦，我也由衷地为您高兴，我还高兴地想您可能快要回来了！谁知三年又三年，这已经第几个年头我都记不清了。村民们信赖您喜爱您不让您走，我都理解，您从来都是心怀苍生的人，我特别骄傲您是我的母亲！

今年这突如其来的疫情打乱了我们原本轻松自在的春节，我机票买了退，退了又买，全因为您说您必须第一时间赶回村里，那里是您的阵地！我真的不想放您离开，明知道疫情传染严重还毅然决然到一线，这万一有点什么，让我可怎么办啊！我真的求求您照顾好自己，求求您为了女儿照顾好自己！我不能没有妈妈，求求您了，把您的大爱给自己留一点好吗？我只需要您健康！健健康康的才能回来继续对我唠叨，您那些唠叨我已经上瘾了，您要对我负责任的！女儿等您回家，我们的小家等您回来！

爱您的女儿：桃桃

2020 年 2 月 18 日于珠海

宋瑞给女儿李匋染的回信：

你给妈妈的信，妈妈看哭了，谢谢亲爱的女儿！谢谢你这么多年来一直的支持和理解！谢谢你从小养成的做事果断、自强自立的好习惯！正是因为对你放心，所以我在弯柳树村才会安心地一干这么多年，其实我也没有想到！……2006 年（我）开始下乡到南阳市卧龙区挂职锻炼，才真正了解基层、了解农村，看到基层有大量的工作、农村有很多问题，需要去努力。南阳挂职前三年我探索出了一些办法，看到农民那么需要，我不由自主地把"让中国农村都美起来，让中国农民都富起来"作为自己的担当和使命，无所待而行，一干就是 6 年多。2012 年，当我感到完成了南阳的任务和探索，准备回到郑州时，省委部署了对贫困地区的扶贫开发工作，要求各中直、省直单位派人驻村。我已熟悉基层且积累了一定经验，尤其是学习了经典文化，明白了化育人心，改善民风有效的方法，义无反顾地接受了驻村任务。没有来得及回郑州，直接从南阳就来到了息县弯柳树村。本想一届三年完成任务就回家，没想到三年下来用文化改变人心……乡亲们哭成一片不让走，县委也打报告不让走。

2015 年 8 月我驻村结束时离你的预产期还有三个月，正好我回去可以照顾你。我也答应过你，期满就回家。可是当看到贫穷的乡亲们那一双双含泪期盼的眼睛，我不忍让他们失望，我选择了乡亲们，而辜负了你！……

2019 年底第三轮驻村期满，你们带着孩子来看我，看到了弯柳树村的巨大变化，也看到了还剩下需要做的工作。一天回到郑州，你主动跟我说："妈，我看弯柳树村现在的形势，乡亲们还需要你再带带。你不用顾及我们，宝宝也大了，最难的时候已经过去。需要在那里，只要你愿意，你就继续在那里吧！"

亲爱的女儿，你知道这番话对我是多么大的支持和鼓励吗？我正不知道该怎么开口给你商量，我打算继续驻村，直到全面实现小康。你却主动鼓励我继续！谢谢你，妈的贴心小棉袄！这十多年来我常常感到，你不仅是我的女儿，更是我的战友，我们两个都是党员，关键时刻想法一致。可是今天回头一看，似乎是一转眼间这么多年过去了，陪你们的时间太少，太少！错失了陪你们在一起的成长宝贵时光，每思及此都不觉泪下，心中愧对你和宝宝，这也是我最大的遗憾！……

这一切都值得！在这个伟大的时代，当国家需要我们的时候，我们没有缺位，我们尽了自己最大的努力，我们没有错过为国为民效犬马之劳的机会！……

孩子，不要担心，我会保护好自己，也会保护好弯柳树村的乡亲们！你们在珠海不要着急，在家打开窗户就看到大海，空气清新，一家人一起正可感受面朝大海，春暖花开……

你要多帮婆婆干活，要照顾好宝宝，多带她读经典。谢谢小棉袄！我爱你们！

想念你们的妈妈

2020 年 2 月 18 日夜　于弯柳树村

看着母女俩的信，眼睛不知不觉地在涨潮。宋瑞真的"再四"坚守，站在下一轮驻村第一书记的行列。她的心里装的全是传统文化，全是村民。而弯柳树村早已成为她的精神栖息地。

正如 2019 年 1 月 29 日《朝闻天下》栏目播出的那则记录宋瑞在弯柳树村以"扶心扶志"打赢脱贫攻坚战历程的新闻——《第一书记宋瑞：我家就在弯柳树》，宋瑞早就融入弯柳树村，与乡亲们成了相亲相爱的一家人。

"我家就在弯柳树！"这是宋瑞在心中对自己说得最多的一句话。内心里，她早已把那里当成了自己的家。

　　　　　　　　　　　　　　　　　润物细无声

后 记

屈指算来,我与宋瑞女士相识已七年有余。而这部并不太长的报告文学,从起意到完稿,居然耗时四年之久。

2012 年,大约是 11 月,受《啄木鸟》杂志委托采写河南省公安系统一个孝子典型的中篇报告文学,联系几次均未成约。后来这个孝子到郑州为一个公益文化讲堂做德孝报告,终于有机会相见。在文化路一所中专学校没有暖气的礼堂里,在与室外不相上下的寒冷中,我与上千名听众一起,旁听了那位孝子的报告——《孝的智慧》。两个多小时里,脚被冻得麻木,却始终被孝子的讲述吸引。第一次,我被德孝文化打动,孝子的故事一次次击中我坚硬的内心,眼睛一直被泪水充盈。

就是那次,我与宋瑞不期而遇。当时,她是那场公益活动的组织者之一。听说我在河南科技报社工作,她向我讲了很多传统文化的重大意义及案例，并当即邀请我去南阳采访推广传统文化的情况。但因为工作纪律，我不能立即应她之邀，只好含含糊糊地向她许下一个自己当时也不确定能否兑现的承诺：回头向领导汇报过，专程去南阳进行专题采访。现在想来，那个时间正是宋瑞去息县弯柳树村驻村扶贫的开始。

也是从那时起，我对中华优秀传统文化有了更深的了解与认识。但之后，我虽然常常想起对宋瑞的许诺，却因为忙于公务与创作，一直未联系她。渐渐地，这件事就被我淡忘了，而且随着时光的流逝，我对自己不兑现诺言也变得心安理得起来。

如果不是再次见到宋瑞，恐怕这辈子我们之间也不会再有什么交集。所谓"山不转水转"，宋瑞突然又出现在我的视野。2016年，首届"美丽乡村国际微电影艺术节"确定在信阳市举办，我作为编剧团队成员提前赴信阳各县区采风。2016年5月5日上午，我们采风团来到了弯柳树村，在村口迎接的人群中，我一眼认出了宋瑞。

她怎么会在这里？直到我们走进一个门口挂着"道德讲堂"的会堂之后，听了时任息县县委常委、宣传部长余金霞女士的介绍，我的疑问才被解开：宋瑞从2012年10月驻村扶贫，在村里推行以传统文化为"支点"的思想道德建设，把"扶心扶志"作为扶贫的根本，使弯柳树村发生了深刻的变化。

那次在弯柳树村的采风，对我的震动很大。尤其是观看了由留守妇女组成的"留守老人艺术团"表演的歌舞节目，我与很多观众都被感动得多次流泪。

那些六十多岁、七十多岁的老太太，不仅会唱歌，还能跟着音乐翩翩起舞，这对她们没有尽头的庸常生活是怎样的一种颠覆？

那一刻，看着舞台上载歌载舞的老太太们，我有一种说不出的感动——年复一年日复一日地在田地劳作、围着锅台转，很多时候话都说不明白的老人们，能成为舞台上的"演员"，因了这歌、这舞，她们的晚年生活充满了欢乐，充满了和谐，乃至充满了幸福。

采风团被邀请参加当天中午的"饺子宴"，与全村一百多位老人一起品尝饺子。此时我才有机会与宋瑞打招呼。在热闹的"饺子宴"的一角，我与宋瑞进行了简短的交谈，并说好随后再沟通交流。

回郑州后，通过电话采访宋瑞，详细了解了她几年来在弯柳树村所做的事情，感触颇多，遂围绕弯柳树村道德建设撰写了《男女老幼笑起来》《扶起心志奔小康》两篇文章。几年前的那次口头之约算是画上了句号。

文章在《河南科技报》刊登不久，大概是 2016 年 7 月，我与宋瑞在郑州又有一次约见，就弯柳树村传统文化教育与扶贫进行了长谈。聊到兴奋时，我忍不住抛出了自己的想法：为弯柳树村写一本书。从此，自己这个一时兴起的许诺被我当作"欠账"，心里便时时惦记着尽快"还账"。

生活真是无常。本来想着"美丽乡村国际微电影艺术节"

的剧本创作完就可以去弯柳树村集中采访，一年内即可完成书稿。可事不凑巧，我申报的省直文艺工作者"深入生活，扎根人民"主题实践活动（到郑州航空港经济综合实验区"深扎"一年，创作一部长篇报告文学）项目获河南省委宣传部批准，而且需要尽快实施。于是，我不得不把弯柳树村的事暂时放下。

2018 年上半年，郑州航空港经济综合实验区的项目结项后，为了保证弯柳树村这部作品尽早完成，在河南省委宣传部组织的新一轮"深扎"主题实践活动中，我报名到弯柳树村体验生活，获批后便开始驻村。与村民们零距离、长时间的接触，采访到大量的第一手资料。其间，虽然经历了装修房子、母亲住院、孩子结婚等诸多家事，创作时断时续，但初稿总算于 2019 年 5 月完成。

书稿的修改也历经了波折。先是宋瑞阅稿。她因为还在弯柳树村驻村，除了继续推行传统文化、招商引资、扶贫项目落实等各种事务她都要操心，加上外出讲课、开会，静下来看书稿的时间只能靠"挤"。等她"批阅"完，已经过去了两个多月。

我准备动手修改之际，又因为一个紧急的创作任务，不得不暂停。直到 2020 年 5 月，我才能坐下来专心修改这部书稿。

经历了这么长时间，终于可以交稿了。欣慰之余，难免有诸多遗憾——对弯柳树村这个以传统文化化育人心改变村风、把"扶贫同扶志扶智相结合"的典型，还缺少更深层次的挖掘与提炼。对那些被传统文化改变的村民典型，也未能做更透彻的剖析，包括新时代扶贫、乡村振兴等不少值得思考、探讨的问题，只能留待以后再叙了。

作者

2020 年 7 月 3 日

于郑州　谋心斋